LA CIUDAD DE LOS HEREJES

Autores Españoles e Iberoamericanos

FEDERICO ANDAHAZI

LA CIUDAD DE LOS HEREJES

 Planeta

Andahazi, Federico
     La ciudad de los herejes.- 3.ª ed. – Buenos Aires : Planeta, 2005.
     304 p. ; 23x15 cm.

     ISBN 950-49-1393-8

     1. Narrativa Argentina-Novela I. Título
     CDD A863

Diseño de cubierta: Mario Blanco
Diseño de interior: Orestes Pantelides

© 2005, Federico Andahazi
c/o Guillermo Schavelzon & Asoc. Agencia Literaria
info@schavelzon.com

Derechos exclusivos de edición en castellano
reservados para todo el mundo:
© 2005, Grupo Editorial Planeta S.A.I.C.
Independencia 1668, C 1100 ABQ, Buenos Aires, Argentina
www.editorialplaneta.com.ar

3.ª edición: 8.000 ejemplares

ISBN 950-49-1393-8

Depósito Legal: M. 50.223-2005

Impresión: Mateu Cromo Artes Gráficas, S. L.
Printed in Spain - Impreso en España

PRIMERA PARTE

La casa de Dios

1

El viento era un sollozo al cortarse en las agujas de la abadía de Saint-Martin-es-Aires. Semejante a los aullidos que los perros ofrecían a la luna llena, aquel sonido se mezclaba con los provenientes de los claustros. Era la hora en la que el silencio monacal se convertía, poco a poco, en una sorda letanía: los látigos tronando sobre las espaldas llagadas de los monjes flagelantes, los lamentos ahogados por la penitencia, las oraciones susurradas y las invocaciones a viva voz, los gemidos que procedían del éxtasis místico y los otros, los nacidos de las pasiones menos devotas, todos, a un tiempo, iban creciendo entre los muros del monasterio con la llegada de la noche. El joven padre Aurelio caminaba resuelto, como si intentara tapar con sus pasos ese sórdido murmullo. Buscaba un poco de silencio. Sosteniendo un pequeño candil avanzaba en el oscuro y angosto pasillo de piedra, a cuyos lados se distribuían las puertas de los claustros desde donde surgía aquella retahíla de sonidos. Se echó la capucha sobre la cabeza intentando inútilmente dejar de oírlos. El repetido concierto de cada día luego del ángelus mortificaba el susceptible ánimo del novicio padre Aurelio, pero esa noche no podía evitar un mal augurio. Había algo que desentonaba en ese coro sombrío, aunque no podía precisarlo. Iba camino a la crujía que circundaba la plaza central de la abadía para distraerse con el canto de los grillos y el chillido de los murciélagos, cuando desde alguna de las puertas pudo distinguir un grito que fue inmediatamente silenciado. El corazón le dio un vuelco. No había sido una queja surgida de la autoflagelación. Por un momento dudó de que aquel breve alarido fuese humano. Se detuvo e intentó descifrar algo en medio del bullicio doliente; iba a retomar la marcha pero en ese mismo instante volvió a repetirse el grito que, igual al anterior, fue sofocado. Giró sobre sus talones y sigilosamente volvió sobre sus pasos. El corazón del padre Aurelio latía con la fuerza de la inquietud. Llevado por la más pura intuición se detuvo frente a la puerta del cuarto del hermano Dominique. En el interior se había hecho un silencio sospechoso. Dominique de Reims solía infligirse varios azotes todas las noches antes de dormir, Aurelio conocía la exacta duración de las diarias sesiones de latigazos. De pronto se oyó una respiración agitada, un crujido de maderas —probablemente la litera— y entonces sí, otra vez se oyó esa misma queja. No era aquella la ronca voz del hermano Dominique; era una voz aguda, angostada más aún por el sufrimiento. El joven cura alejó el candil de su cuerpo y en el piso, bajo sus propios pies, pudo ver unas huellas de barro fresco que se deslizaban hacia el otro lado de la puerta. Un nuevo grito lo sobrecogió. Se vio compelido a golpear la puerta, pero se detuvo antes

10

de descargar la urgencia de su puño; se dijo que no lo asistía el derecho de interrumpir la jaculatoria de su hermano de retiro, que si sus sospechas no tenían un fundamento cierto, cometería pecado. Se disponía a seguir camino, cuando distinguió dos gotas de sangre entre las marcas del barro que había en el piso. Se inclinó y comprobó que la sangre aún estaba fresca. Volvió a incorporarse y escuchó claramente una voz que parecía suplicar clemencia. Entonces sí, estrelló sus nudillos contra la puerta. Sin embargo, la madera no llegó a sonar: al contacto con la mano impetuosa, las bisagras chirriaron y la puerta, que no estaba trabada, se abrió lentamente; de pie junto a la litera, con los tobillos enredados en el hábito y completamente desnudo, el hermano Dominique sujetaba por el cuello a un niño que se revolvía entre las cobijas, resistiendo cuanto le permitían sus magras fuerzas los brutales embates del cura. Con una mano hundía la cara del pequeño contra el jergón y con la otra se untaba el glande, inflamado y violáceo, con el sebo caliente que caía de uno de los cirios encendidos. Tal era el arrebato de Dominique de Reims, que no se percató de la inesperada visita. El niño, cuyas ropas estaban violentamente rasgadas, gruñía, berreaba y suplicaba clemencia cada vez que el clérigo intentaba meter su grasienta verga en ese cuerpecito que se le resistía con vigor. Si Aurelio no intervino de inmediato fue porque no podía salir de su estupor. Pero al azoramiento inicial le siguió una indignación que le nació en el abdomen y se le instaló en los puños: estaba por saltar al cuello de su hermano, cuando, al ver el Cristo que presenciaba la escena desde la cabecera del camastro, intentó apaciguarse. Descargó su indignación en la puerta, empujándola de tal modo que el picaporte golpeó con estridencia contra la pared. Sólo entonces el hermano Dominique se dio por enterado de que tenía visitas. Lejos de mostrar sorpresa, y menos aún pudor, el cura soltó suavemente la cabeza del niño quien, ni bien dejó de sentir la opresión en el cuello, se incorporó y, sin siquiera tomar sus ropas, salió corriendo como una liebre, perdiéndose de inmediato fuera del cuarto. Los dos hombres se quedaron a solas. Dominique de Reims ni siquiera se dignaba mirar al joven cura; tomó un viejo lienzo y, desnudo como estaba, procedió a limpiarse el sebo que le chorreaba desde esa suerte de tronco grueso, todavía enhiesto y sacudido por espasmos.

—En esta casa sagrada se acostumbra llamar a la puerta antes de entrar —dijo, a la vez que recogía la sotana del suelo y se vestía lentamente.

Aurelio no contestó, se limitó a mirarlo fijamente a los ojos y a cerrar la puerta a sus espaldas. Dominique de Reims soltó una sonora carcajada y señalando el promontorio que levantaba el hábito por debajo del ceñidor, le dijo:

—¿Queréis hacer justicia con vuestras propias manos? Muy bien, hacedla de una vez, aquí os espero —agregó abriendo los brazos, como entregándose al arbitrio de su interlocutor, a la vez que echaba la pelvis hacia delante poniendo aún más en evidencia las dimensiones de aquello que se elevaba bajo las ropas.

El joven cura pudo percibir que esas palabras no eran sólo un sarcasmo, sino que había en ellas un ambiguo dejo de proposición verdadera. El hermano Dominique estaba evidentemente borracho, su boca apestaba a vino de misa. Sin embargo, lejos de parecerle un atenuante, al padre Aurelio lo invadió una furia todavía mayor. Señaló hacia el Cristo que presidía el cuarto; eran tantos los insultos e imprecaciones que le nacían que, poco menos, se atragantó con ellos y no pudo soltar ni uno. Jamás había sentido ninguna simpatía por el hermano Dominique, lo creía capaz de muchas cosas, pero nunca de semejante atrocidad. Cierta vez había llegado a sus oídos la versión de que algunos miembros de la orden, subrepticiamente, solían traer niños de la alquería vecina al monasterio, pero no lo creyó posible. Antes de que Aurelio pudiera decir algo, el monje se sirvió vino en un cáliz agrisado, se sentó en el borde de la litera y señalando una silla junto a un pequeño pupitre, invitó a su visitante a que también tomara asiento. El joven cura declinó el convite y permaneció de pie junto a la puerta.

—Sois muy joven todavía —empezó a decir el corpulento prelado—, a vuestra edad yo hubiese procedido del mismo modo. Pero hay cosas que deberíais saber.

El hermano Dominique hablaba como si el que tuviese que disculparse fuera Aurelio, de pronto se dirigía a él con un tono de paternal indulgencia y con la hierática actitud de quien está a punto de hacer una revelación. Serenamente le explicó que lo que acababa de presenciar no quebrantaba en absoluto los votos de castidad ni contravenía los principios de abstinencia y continencia promovidos por San Agustín, pues no involucraba la participación de una mujer, arma del demonio y culpable del pecado original. Al contrario, los hermanos de la Orden Agustiniana a la que pertenecían, tenían como apotegma el pasaje del Libro de los Apóstoles que proclamaba: "La multitud de creyentes posee un solo corazón y un alma única, y todo es común entre ellos". Le recordó que la amistad y la fraternidad llevadas hasta el límite, eran la esencia de la vida agustiniana y que no otra cosa era lo que había visto: un acto de amistad desinteresado. Le hizo ver que si leía la obra de San Agustín comprobaría que las palabras que con más frecuencia aparecían en ellas eran amor y caridad. Entonces pronunció la más célebre sentencia del santo: "Ama y haz lo que quieras porque nada de lo que hagas por amor será pecado". Una sensación de náusea invadió al hermano Aurelio; en ese momento supo que cualquier cosa que pudiera decir sería en vano. Abrió la puerta y salió del claustro de Dominique.

2

En la soledad de su cuarto, todavía horrorizado, Aurelio tomó papel y pluma y comenzó a escribir:

Mi señora:

Desde que estoy retirado en este monasterio al pie del abismo, los días se suceden como una nueva prueba que Dios pone en mi camino. Por momentos mi espíritu flaquea y temo derrumbarme. Lejos de ver templado mi carácter, cada paso se hace más trabajoso y vacilante. Mi alma se debate al borde de un foso de incertidumbre. De una sola cosa estoy seguro: no renuncié a vuestro amor sólo para ser testigo de las más repugnantes acciones que, en el nombre del Señor, acontecen aquí, al mudo amparo de estas paredes. Quizá no tenga yo la templanza del gran Agustín y al no poder honrar su santo nombre, no merezca con justicia llamarme agustiniano. Debo confesaros que jamás he podido olvidarme de vos; vuestro cotidiano recuerdo obnubila mi razón y, por momentos, se antepone a mi propósito más alto: servir al Supremo. Pero cuando veo a mis hermanos en Dios entregarse a los instintos más bajos, a las más abominables mi-

serias de la carne, el recuerdo de vuestro bello rostro se eleva con
la pureza de los ángeles.

Aurelio levantó la mirada del papel y, contra su propia voluntad, recordó los oscuros hechos que le tocó presenciar desde el día en que llegó al monasterio siete meses antes. Entonces continuó describiendo a Christine cómo aquellos mismos que durante el día se llenaban la boca con las palabras castidad, abstinencia, virtud y probidad, por las noches se deslizaban en forma subrepticia de claustro en claustro y más tarde salían acomodándose las vestiduras sudorosos, jadeantes e inflamados en rubor. Luego descargaban la furia del látigo sobre sus espaldas llagadas, como si de ese modo pudiesen expiar sus culpas. Pero la visión de ese niño inocente, víctima de la bestial lujuria del hermano Dominique, fue la gota que rebasó el vaso. La carta que escribía Aurelio estaba dirigida a la mujer que amaba o, dicho con propiedad, a la que intentaba dejar de amar: Christine.

Volvió a hundir la pluma en el tintero y prosiguió:

Sé que no debería estar escribiendo estas líneas, que cuanto más
os evoco, menos puedo exorcizar de mi cuerpo las huellas de vues-
tras caricias y de mi alma los rescoldos de la pasión. Dios me po-
ne a prueba cada vez que veo a mis hermanos entregados a la
lujuria. Es entonces cuando me pregunto qué puede haber de
malo en la atracción que ejerce vuestro cuerpo sobre el mío. En
comparación con las atroces acciones de las que soy a menudo
testigo, nuestro amor se diría la cosa más pura y sagrada. Si la
contemplación de la que hablaba Agustín descansa en los divi-
nos principios del Bien, la Bondad y la Verdad, me pregunto:

16

¿en qué me desvío del camino del Bien, si vuestra alma es la encarnación de la bondad? ¿Por qué habría de alejarme de lo Bello, si la vuestra es la imagen misma de la Belleza? ¿Cómo podría apartarme de la Verdad, si lo que siento por vos es lo más auténtico y verdadero? No cometo sacrilegio al hacerme estas preguntas, pues sabéis que en la duda se afirma la fe. Y si el pecado se redime en la confesión como acto de alabanza y penitencia, me permito tomaros como mi confesora, porque no hay nadie aquí lo suficientemente probo para obrar como tal. Permitidme entonces usar vuestro nombre para llegar al Todopoderoso y obtener así Su perdón.

Todavía resonaban en los oídos del joven sacerdote los gritos sofocados de aquel niño indefenso y su corazón latía con la fuerza de la iracundia. El recuerdo del rostro de Christine, de su voz dulce y suave, se impuso sobre aquellos ecos y le devolvió algo de calma.

Aurelio había quedado huérfano a los diez años. Primero murió su padre, Honoré de Brie, un caballero venido a menos que, para salvarse de la ruina, contrajo matrimonio con una joven noble oriunda de Asturias. Ella se mudó a Lyon, donde vivía él y, con el auxilio de la dote, pudo saldar las deudas antes de que sus acreedores hicieran posesión de su casa. Sin embargo, no tardaría en volver a contraer enormes compromisos que no tenía forma de pagar, sino a expensas de la fortuna de su esposa. Varios años mayor que su mujer, Honoré de Brie no llegó a dejar en la calle a su familia: la peste negra lo mató luego de una breve agonía. Pese a que su padre parecía no prestarle ninguna atención a su hijo, para Aurelio fue una pérdida enorme: sentía un gran cariño por aquel hombre de modales deliberadamente rústicos, cuando no grotescos, que parecía no tener respeto por nada ni por nadie. Admiraba esa displicencia, tan contrastante con el espíritu apasionadamente católico de su madre. La personalidad de Aurelio se construyó sobre una delgada cornisa a cuyos lados estaban aquellos ejemplos tan diferentes. Muy poco tiempo habría de pasar entre la muerte de su padre y la de su madre; sin que nada lo anunciara, sin que mediara enfermedad alguna, un día, mientras caminaba por los campos linderos a la casa, la madre de Aurelio cayó muerta como caen los pájaros. Fue él quien la encontró tendida sobre las hojas otoñadas de los abedules. Un piadoso tío, hermano de su padre, se hizo cargo del niño y lo llevó a vivir con él a su casa de Troyes. El descubrimiento de San Agustín tuvo para Aurelio la fuerza de una revelación. Sin dudas, veía en la madre del santo, aquella cuya insistencia hiciera que se entregara a Cristo por completo, el reflejo de su propia madre. Criado en la austeridad que caracterizaba el espíritu de su tío, cuando tuvo la edad suficiente, Aurelio ni siquiera hizo posesión del castillo de Velayo, en Asturias, que le correspondía por herencia, ya que muy pronto decidió que sus días habrían de transcurrir en un monasterio.

La temprana lectura de *La ciudad de Dios* y las *Confesiones* lo unieron para siempre a la enorme figura de San Agustín, a punto tal de adoptar como propio el primer nombre del Santo: Aurelio; ese era el homenaje que rendía a quien consideraba su maestro. Quizá por seguir los tortuosos caminos de su mentor espiritual, tal vez porque así lo quiso el azar, antes de ingresar a la orden de los hermanos agustinianos, una mujer se cruzó en su beato camino. Igual que Agustín el africano, que cayó en brazos de Floria y conoció los mundanales derroteros de la concupiscencia antes de entregarse por completo a Dios, Aurelio conoció, en el más bíblico de los sentidos, a la hermosa Christine. Eran demasiado jóvenes; sin embargo, fue un romance tan apasionado que Aurelio estuvo a punto de renunciar a los hábitos antes de tomarlos. Pero se sentía en falta con Dios. Ni siquiera la idea del matrimonio, por sagrado que fuese, lo eximía de un tormentoso sentimiento de culpa. Siempre había sostenido que la unión conyugal era un mal menor, pero un mal al fin. Pensaba, como San Jerónimo, que el casamiento era la reafirmación del pecado original, que el verdadero estado de gracia se correspondía con la virginidad y la castidad, tal como era la existencia paradisíaca anterior al pecado. Jamás habría de perdonarse haber tenido conocimiento carnal. Pero tampoco iba a poder olvidar aquellas sensaciones incomparables que lo acosaban desde el recuerdo día tras día. Era tanto el cargo de conciencia que atormentaba a Aurelio que finalmente abandonó a Christine e ingresó en la orden de los agustinianos en el monasterio de Saint-Martines-Aires. Ella, por su parte, había sufrido demasiado para debatirse en aquellos dilemas morales; los remordimientos a los que se sometía Aurelio eran una verdadera frivolidad comparados con la tragedia que había tenido que vivir Christine. Sin embargo, pese a ese injusto calvario, le había jurado a Aurelio amor eterno y no estaba dispuesta a quebrantar su palabra. Abandonada por el hombre que amaba, víctima de la infinita maldad de su propio padre y de la indiferencia de su madre, rayana en la enfermedad mental, desheredada y desterrada de su familia, Christine se vio obligada también a tomar los hábitos. No la impulsó ninguna convicción religiosa ni sintió en momento alguno el llamado divino; de hecho decidió casarse con Dios porque no le quedaba alternativa. Su matrimonio con el Altísimo fue semejante a esas ceremonias convenidas entre familias, como aquella que se casa con un anciano rico y bondadoso al que, sin embargo, no podrá brindarle un amor sincero. Jamás iba a resignarse a haber perdido a su Aurelio. Pero si él estaba dispuesto a hacer todo lo posible por redimirse ante Dios, ella iba a luchar hasta las últimas consecuencias para recuperar al hombre que amaba.

3

Aurelio creía conocer hasta el último rincón del alma de Christine, en apariencia tan transparente. Sin embargo, ella guardaba un secreto; llevaba sola el peso del sufrimiento. Había decidido soportar sin ayuda la carga de su cruz y atravesar el calvario sin que nadie enjugara sus lágrimas. Obligada por las circunstancias, Christine abrazó la vida religiosa que antes había abandonado. Siempre había tenido una relación apasionada con Jesús. Siendo todavía una niña sintió una atracción irrefrenable por aquel hombre que se desangraba en la cruz. Sintió amor por el Hijo, no por el Padre ni por el Espíritu Santo. Era demasiado pequeña para comprender el sentido de la Santísima Trinidad, entelequia que, en rigor, nunca llegó a concebir, ni aun siendo adulta. Intuía que no era aquella la forma de amar a Cristo, pero no podía experimentar otra. Creía que jamás habría de conocer a ningún hombre que pudiera suscitar en ella una pasión siquiera semejante. Cuando todavía no sabía leer, le pedía a su madre que le contara una y otra vez la vida y pasión de ese hombre de mirada transparente. Se esforzó para comprender precozmente el alfabeto y así poder, ella misma, estudiar con avidez el Evangelio. Jesús era la encarnación de lo Bueno, lo Bello y lo Verdadero. Consideraba una injusticia que hubiese sido tan breve su paso por este mundo y se lamentaba por no haber nacido en su época y en su tierra. El amor ilimitado que sentía por Cristo estaba inspirado, sin dudas, por su padre, el duque Geoffroy de Charny; no porque él se lo hubiese inculcado con el ejemplo; ni siquiera podría afirmarse que esta devoción naciera de la férrea educación, casi monacal, que había recibido; al contrario, Christine encontraba al abrigo de Jesús el refugio de todo lo que despreciaba en su casa, empezando por su padre. Su madre, Jeanne de Vergy, era una mujer muy joven. Tenía apenas quince años cuando tuvo a su primer hijo, Geoffroy de Charny II, y diecisiete cuando nació Christine. De hecho, madre e hija podían pasar por hermanas. Jeanne era dueña de una hermosura proporcional a su cortedad intelectual; miraba el mundo con una indiferente incomprensión rayana con la idiocia. Rara vez pronunciaba palabra y, salvo situaciones extremas, todo parecía darle lo mismo. No manifestaba sino los sentimientos más elementales como el llanto ante el dolor físico y la sonrisa ante la placidez; nunca reía francamente. Sus dos hijos le importaban menos que sus siete perros. Su marido solía atribuir estas características a que había nacido sietemesina, pero no era más que una justificación sin demasiado asidero. Sin embargo, fuera del círculo familiar, no eran pocos los que sospechaban que, en realidad, Jeanne se hacía pasar por estúpida para evitar tomar responsabilidades, evitar quehaceres domésticos y disfrutar sin sobresaltos de la fortuna de su esposo. En cuanto a su hermano mayor, Geoffroy, era el calco vivo de su padre tanto física como espiritualmente, si este último término pudiese aplicarse al duque y a su vástago. Christine sentía el dolor de la orfandad no sólo por la virtual ausencia mental de su madre, sino, además, por la horrorosa presencia de su padre. Si se hubiese visto obligada a describir al duque lo hubiera hecho por oposición a Cristo. Y en rigor, podía afirmarse que Uno y otro eran el exacto opuesto: el carácter generoso y austero de Jesús contrastaba con la avaricia y la ostentación del duque; el amor por los más débiles y desposeídos que predicaba el Salvador se oponía al desprecio que Geoffroy de Charny sentía por los pobres, sobre todo por aquellos que trabajaban y sobrevivían en sus tierras. La estampa lánguida, armoniosa y despojada de Jesucristo estaba en las antípodas de la figura obesa, excesiva y grotesca del padre de Christine. Por si fuese poco, una renguera pertinaz completaba el retrato. Afortunadamente, Christine había heredado la belleza de su madre. Quizá sin saberlo hasta ese momento, padre e hija iban a ver unidos sus irreconciliables designios en Cristo. Pero el amor de Christine por el Mesías no se ceñía a su prédica y a su obra, no sólo sentía por Él un vínculo espiritual, sino también un inexplicable lazo de sensualidad. Estaba resignada al hecho de saber que no iba a poder enamorarse de ningún simple mortal cuando, siendo ya una muchacha, se le presentó Jesús en persona. O al menos eso creyó.

Caminaba entre los puestos del mercado de la plaza de Troyes buscando un cordero para la cena, se abría paso entre el gentío que se agolpaba en las pequeñas tiendas que exhibían reses colgantes, pescado recién sacado de las redes y cuanta cosa pudiera llevarse a la olla, cuando vio el animal que necesitaba. Parecía ser el último, de modo que se apuró antes de que se le anticiparan. Gritó con todas sus fuerzas al tendero cuando, en el mismo momento en que estaba por tomar la soga que sujetaba al animal, una mano surgida del tumulto se le adelantó. Maldijo hasta vaciar sus pulmones: no iba a permitir que le arrebataran lo que había visto antes ella, estaba dispuesta a discutir con quien fuera y, llegado el caso, a quedárselo por la fuerza. No ahorró ningún insulto. Siguió con los ojos el curso de ese brazo delgado que usurpaba su cordero y en el momento en que encontró el rostro del ladrón quedó petrificada. Era Jesucristo. El Nazareno la miró con unos ojos piadosos y comprensivos y, para terminar de convencerla de quién era, le dijo con la generosidad incomparable del Galileo:

—Compartamos.

Inmediatamente, de la nada, hizo aparecer otro animal idéntico y lo acercó hacia ella. Si hasta ese momento estaba azorada, cuando presenció la multiplicación del cordero casi cae desmayada. Era tal su obnubilación que ni siquiera se detuvo a pensar que el advenimiento del Mesías significaba el temido fin de los tiempos. Pero nada había de apocalíptico en aquella escena, al contrario: el cielo estaba diáfano, soplaba una brisa grata y el mercado estaba animado y alegre. Christine no pudo, o tal vez no quiso, advertir que, en realidad, el cordero milagrosamente multiplicado estaba oculto detrás de una de las telas que delimitaban el puesto. Viendo que la muchacha no atinaba a tomar el animal, el hombre le susurró:

—¿Vais a tomarlo?

Christine lo sujetó entonces por la cuerda como si acababa de recibir una orden. El joven adivinó de inmediato lo que estaba ocurriendo. No era la primera vez que lo creían Jesús resucitado. Sabía del sorprendente parecido que guardaba con el Cristo pintado en la basílica de Troyes. Por lo general, tales situaciones le producían un fastidio infinito, pero ahora, tal vez por la belleza infrecuente de ese rostro petrificado y pálido, le resultó una escena divertida. Entonces levantó la mano, alzó el dedo índice y el mayor y, cerca del oído de Christine, dijo:

—*Ego sum lux mundi.*

Fue entonces cuando la joven cayó al suelo.

Todo lo que recordaba Christine de ese primer encuentro fue que luego despertó en los brazos de aquel Cristo y, cuando estaba segura de haber ganado el cielo por toda la eternidad, escuchó que de esa boca enmarcada por una barba suave y algo rala, brotaban unas palabras que al principio le costó entender.

—Mi nombre es Aurelio —se apuró a decir y luego le suplicó que no volviera a desvanecerse, ya que las dos veces que había empezado a recuperar el conocimiento, volvió a perderlo al abrir los ojos y encontrarse con ese rostro Nazareno.

Cuando por fin logró volver en sí y comprendió la verdadera situación, tuvo una sucesión de sentimientos: primero se sintió profundamente estúpida, inmediatamente tuvo vergüenza, luego se desilusionó y por último la invadió una indignación volcánica. Aurelio no encontraba palabras para disculparse. Cuando Christine se incorporó, le dedicó una mirada de odio y comenzó a alejarse con paso resuelto. Aurelio se sentía mortificado. Deambulando en torno de ella con los brazos abiertos, intentaba explicarle que no podía condenarlo por no ser Jesucristo y que tampoco podía pedirle perdón por ese hecho irremediable. Había algo en Aurelio que enternecía a Christine; no era sólo su figura lánguida y a la vez hermosa, ni su voz serena y convincente, sino cierta ingenua seriedad que le confería una gracia a su pesar. La muchacha se fue despojando del enojo, aunque se ocupaba de fingirlo con un gesto grave e indiferente, mientras avanzaba resuelta abriéndose paso entre la gente que atestaba el mercado. Como si lo hubiese calculado, de pronto estaban caminando debajo de la recova que circundaba el mercado. Él iba unos pasos detrás de ella y no podía evitar detener su mirada en la angosta cintura ceñida por un tahalí acordonado que le destacaba las caderas generosas y redondeadas. De pronto ella detuvo su marcha, se apoyó contra una de las columnas y en la soledad de aquella galería, simuló un gesto de fastidiada resignación. Miró a Aurelio con sus ojos verdes enmarcados por unas pestañas largas y arqueadas, como conminándolo a que le diera una explicación convincente y una disculpa sincera. Y cuanto más lo examinaba, más se convencía del enorme parecido que tenía con Jesús. Parados frente a frente, aquel Cristo redivivo tenía que hacer esfuerzos para no bajar la vista hacia el busto que desbordaba el escote adornado con cordeles y los pezones que de pronto se marcaron en la tela como señalándolo.

—No tengo palabras para disculparme —dijo una vez más Aurelio.

—Entonces no digáis nada —musitó Christine, aproximando sus labios encarnados al oído de él.

Sintieron sus respiraciones agitadas y sin quitar los ojos de los de Aurelio, la muchacha tuvo el impulso de besarlo. Pero no lo hizo: apenas posó sus labios sobre los de él e inmediatamente los alejó un poco. Aurelio sintió una inexplicable mezcla de atracción y pánico. Antes de que atinara a hacer algún movimiento, ella volvió a aproximar su boca a la de él y recorrió brevemente los labios del muchacho con su lengua desde una comisura hacia la otra. Aurelio creyó morir de miedo, pero una efusión impensada lo obligó a besarla, como si una voluntad ajena a la suya se hubiese apoderado de su cuerpo. Entonces ella lo alejó suavemente y con un hilo de voz le dijo:

—Mañana, aquí mismo. Estaré esperando a esta hora.

Christine se dio media vuelta y se alejó hasta perderse entre la multitud del mercado. Aurelio se quedó solo frente a la columna, intentando comprender si eso había sucedido realmente o si fue una alucinación que no sabía cómo calificar.

Sosteniendo la carta entre los dedos, Christine recordaba aquel lejano día en que había conocido a Aurelio, mucho tiempo antes de que ella imaginara que habría de llevar los hábitos que ahora cubrían ese cuerpo todavía joven y secretamente hermoso. Leyó las confesiones del hombre al que todavía amaba y, lejos de sentir gratitud por ser la depositaria de su confianza, no pudo menos que experimentar indignación. A la luz de una vela, entre las cuatro paredes de su pequeño cuarto en el convento Notre-Dame-aux-Nonnains, tomó la pluma y volcó todo su fastidio sobre el papel.

4

Padre Aurelio:

*No os hagáis vanas ilusiones: por mucho que queráis conven-
ceros de que no estáis cometiendo pecado, la vuestra es una falta imperdonable. Es un pecado a los ojos de Dios y, aunque yo
no os importe en absoluto, también ofende a mi modesta persona. Lamento que no haya en vuestro monasterio alguien probo
ante quien podáis confesaros como lo manda Dios: os recuerdo
que la confesión es un sacramento. Por otra parte, en lo que a
mí concierne, no estoy dispuesta a tolerar que me utilicéis como
un peldaño para llegar Dios y, así, obtener el perdón. Ni aún
suponiendo que las mujeres pudiésemos aspirar a sacerdotisas
podría yo absolveros, pues soy parte del pecado que queréis lavar. Tampoco puedo menos que indignarme cuando pretendéis
redimiros de la atracción que, según aseguráis, os provoca el recuerdo de mi cuerpo, en comparación con los actos repugnantes
que cometen vuestros hermanos. Cualquier cosa parecería buena, bella y verdadera a la sombra de un hecho tan atroz como
el abuso de un niño. Tampoco puedo aceptar que me consideréis
una prueba que Dios ha puesto en vuestro camino, como si fue-*

*se yo la serpiente en el paraíso. Peor aún, afirmáis que cuanto
más me evocáis, menos podéis exorcizar de vuestro cuerpo las
huellas de mis caricias y de vuestra alma los rescoldos de la pasión. ¡Exorcizar! ¿Acaso soy yo el demonio y vos la encarnación
de la inocencia? Habláis de los rescoldos de la pasión como
quien se refiere al fuego del infierno. ¿Quién ha dejado entonces las huellas indelebles del amor en mi cuerpo? Eso no parece
importaros en absoluto. ¿A quién he entregado yo mi virginidad? Pero por lo visto sólo cuenta vuestra castidad. Si queríais
pareceros a San Agustín, a quien tanto admiráis, lo estáis lo-
grando: a él le ha tocado la santidad y la canonización, y a Floria, su concubina, la crianza de los hijos que él puso en su vientre y la responsabilidad de todos los pecados de la carne que ella
le hizo cometer. Quizá deba recordaros que yo no os obligué a al-
bergaros en mi cuerpo.*

La indignación que mostraba Christine ocultaba, en verdad, el dolor de aquello que se había jurado no revelar a nadie. Era cierto que se había consagrado a Dios a su pesar. Las
cosas que narraba Aurelio en su carta eran aberrantes, aunque no menos monstruosas que las que ella veía a diario en
el convento. Sin embargo, las prácticas que en el monasterio
de Saint-Martin-es-Aires ocurrían en forma nocturna y puertas adentro de los claustros, en el convento de Notre-Dame-
aux-Nonnais acontecían incluso a la luz del día y bajo la apariencia de ceremonias animadas por la pasión religiosa.
Todos los días, la abadesa, la madre Michelle, preparaba el
paraninfo encendiendo inciensos, pétalos secos y exhalacio-
nes de azufre. Bajo la tenue luz de unas pocas candelas, las
hermanas se reunían en torno de un pequeño caldero reple-

to de brasas y entonaban salmos. A medida que las religiosas iban alcanzando un estado de comunión entre ellas y para con el Altísimo, las embargaba un sentimiento extático: los cánticos dejaban de ser un murmullo para ir convirtiéndose en exclamaciones pronunciadas a voz en cuello. Aquellas ceremonias tenían por propósito mantener alejado al demonio de aquel frágil rebaño y, si acaso se había apoderado de alguna de ellas, hecho frecuente, había que expulsarlo por medio del exorcismo. La primera vez que Christine asistió a este rito sintió pavor: vio cómo las hermanas pasaron del murmullo a proferir de pronto unos aullidos guturales y luego, con unas voces espeluznantes, cavernosas, comenzaron a vomitar horribles blasfemias, mezcladas con frases dichas en latín. Entonces sus cuerpos se conmovieron en espasmos, como si los demonios se resistieran a abandonarlas, asumiendo posiciones insólitas, prosternándose en el suelo, arrastrándose con el trasero, yendo y viniendo con los muslos increíblemente separados. Algunas curvaban la espalda de tal forma que llegaban a colocar la cabeza entre sus propias piernas y, en medio de imprecaciones, juntaban los labios de la boca con los del bajo vientre. En otra oportunidad, Christine presenció cómo la muy beata sor Catherine se tendía sobre el piso subiéndose la falda del hábito y, como si hubiese alguien encima de ella, imitaba los movimientos de la cópula, invocando alternativamente el nombre de Cristo y el de Satanás. De inmediato se produjo el contagio entre gran parte de las religiosas, incluida la propia abadesa, y, ante los ojos azorados de la novicia Christine, las monjas se enlazaban entre sí, alternando unas con otras de a dos, de a tres o bien todas juntas. Durante este trance, por momentos suplicaban de rodi-

31

llas a Jesús y luego ofrecían sus partes posteriores descubiertas al Demonio quien, según manifestaban a los gritos, las urgía para poseerlas. Varias veces la madre Michelle, viendo el terror que asaltaba a Christine luego de estas ceremonias, le había explicado que así era como se manifestaba Dios ante ellas y que, aunque pudiese parecer lo contrario, ese estado estaba contemplado por la Iglesia y tenía un nombre: *ékstasis*. Le dijo que todas las mujeres santificadas lo experimentaban con frecuencia. Viendo la incredulidad en los ojos de la joven novicia, una noche la condujo hacia la biblioteca del convento, tomó un pesado volumen de uno de los anaqueles y le leyó algunos pasajes. Era una copia de las memorias de Santa Margarite Cucherat* quien, habiendo hecho votos de castidad a los cuatro años y luego de ingresar en el convento a los ocho, comenzó a tener sus primeros contactos con Jesús, a quien llamaba "su novio". Con una voz cristalina y limpia que contrastaba con ese vozarrón diabólico durante los estados de éxtasis, la madre superiora leyó:

—"Cuando estaba frente a Jesús me consumía como una vela en el contacto enamorado que tenía con él."

Esta frase conmovió a Christine, ya que expresaba lo que ella misma sentía por Jesucristo cuando era una niña y hasta el día en que conoció a Aurelio. Podría decirse que ella reemplazó en la humana persona de Aurelio el amor impo-

---

* Henri Bougaurd, biógrafo de Margarite Cucherat, refiere las sorprendentes semejanzas entre *La dévotion*, única obra de Santa Margarite Cucherat y *La dévotion au coeur de Jesús*, escrita por Santa María Alacoque en 1698. Los estados de éxtasis que describen ambas santas son llamativamente coincidentes, pudiendo presumirse, como lo hace Bougaurd, que la beata del siglo XVII, mentora del Apostolado del Sagrado Corazón, hubiese encontrado alguna inspiración en su antecesora.

sible por el Redentor. Sin embargo, la frase siguiente la sacudió como si le hubiesen dado un golpe:

—"Un día que Jesús se puso sobre mí con todo su peso y respondió de esta forma a mis protestas: 'Déjame que pueda usar de ti según mi placer ya que cada cosa debe hacerse a su tiempo. Ahora quiero que seas el objeto de mi amor, abandonada a mis voluntades, sin resistencia de tu parte, para que pueda gozar de ti'.

"La Virgen me aparecía a menudo, haciéndome caricias inexplicables y prometiéndome su protección."

Si el testimonio que escuchó Christine le hizo ver que no era original en su antigua atracción por Jesús, el que habría de oír a continuación la disuadió de todo sentimiento de culpabilidad por sus impulsos. La abadesa cerró el libro, lo puso en su lugar, caminó hacia el otro extremo de la biblioteca, sacó otro ejemplar y después de buscar una página, le dijo:

—Esto escribió Santa Ángela de Fuligno: "Durante los éxtasis era como si fuese poseída por un instrumento que me penetrase y se retirase rasgándome las entrañas. Estaba llenada de amor y satisfecha de inestimable plenitud. Mis miembros, se quebraban de deseo mientras que languidecía, languidecía, languidecía… A continuación, cuando regresaba de estos encantos de amor, me sentía tan ligera y satisfecha que amaba incluso a los demonios. Al principio creí ser víctima de un vicio que no me atrevo a nombrar, y pretendía librarme de él introduciéndome carbones ardientes sobre la vagina para apaciguar los ardores"*.

Para terminar de convencer a la novicia de que nada ma-

* Santa Ángela de Fuligno, 1284-1309.

lo había en aquellas ceremonias, siguió leyendo, luego, los testimonios de Santa María de la Encarnación:

—"En el curso del éxtasis se me presentó Jesús, mi esposo, y después de exigirme unirse a mí, le pregunté: '¿Entonces, mi adorado amante, cuándo haremos este acoplamiento?' Y Jesús me respondió: 'En este mismo momento'. Durante estos encantamientos me parecía tener dentro de mi ser, unos brazos que tendía para abrazar al que tanto deseaba."

La madre Michelle salteó unas páginas y siguió leyendo:

—"Durante un éxtasis Jesús me llevó a un bosque de cedros donde había una morada con dos camas y al preguntarle para quién era la segunda cama, me respondió: 'Una es para ti, que eres mi esposa, y la otra es para mi madre'. Jesús me poseyó, pero no de la manera que se entiende espiritual, por medio del pensamiento, sino de forma tan tangible que sentía la participación del cuerpo como en la realidad. Cuando Jesús me liberaba, consideraba mi cuerpo como el responsable de estos pecados, y entonces, para mortificar mi cuerpo, lamía los escupitajos más asquerosos, me ponía pequeñas piedras en los zapatos y me extraía dientes, aunque que éstos aún fuesen sanos."

Por último le leyó algunos pasajes de la vida de Santa Teresa de Luodun:

—"Mi mal había llegado a tal grado de gravedad que estaba siempre al borde del desmayo. Sentía un fuego interior que me quemaba. Mi lengua reducida en pedazos de tanto morderla. Mientras que Cristo me hablaba, no me cansaba de contemplar la belleza extraordinaria de su humanidad. Experimentaba un placer tan fuerte que es imposible poder probar semejantes en otros momentos de la vida. Durante los éxtasis el cuerpo pierde todo movimiento, la respiración se debilita, se emiten suspiros y el placer llega por intervalos."

La abadesa detuvo su lectura para ver qué efectos producían estos pasajes en el ánimo de la novicia, carraspeó para aclarar su voz y continuó:

—"En un éxtasis me apareció un ángel tangible en su constitución carnal y era muy hermoso; vi en la mano de este ángel un largo dardo; era de oro y llevaba en la extremidad una púa de fuego. El ángel me penetró con el dardo hasta las vísceras y cuando lo retiró me dejó ardiente de amor hacia Dios. El dolor de la herida producida por el dardo era tan vivo que me arrancaba escasos suspiros, pero este inefable mártir que me hacía al mismo tiempo probar las delicias más suaves, no estaba constituido por sufrimientos corporales aunque el cuerpo entero participase. Estaba presa de una confusión interior que me hacía vivir en una continua excitación que intentaba apaciguar con agua bendita, y para no perturbar a las otras religiosas que habrían podido comprender su origen. Nuestro Señor, mi esposo, me concedía tales excesos de placer que me impuse no añadir nada más ni relatar que todos mis sentidos eran complacidos."

Cuando la madre Michelle terminó de leer aquella sucesión de testimonios que habían dejado las santas, Christine guardó silencio. Pese a la contundencia de las palabras, no parecía convencida de que esos estados de éxtasis, por muy sagrados que fuesen, se ajustaran a lo que ella concebía como una vida religiosa. Christine había conocido el amor carnal y algunas de las descripciones que acababa de escuchar guardaban mucha semejanza con lo que ella había experimentado. Aquellas "suaves delicias" provocadas en las entrañas, las referencias al "placer tan fuerte, imposible de poder probar semejantes en otros momentos de la vida", las vívidas sensaciones "durante las cuales el cuerpo se convulsiona, la respiración se debilita, se emiten suspiros y el placer llega por intervalos", era, lisa y llanamente, la intensa y terrenal culminación que sobrevenía al amor carnal. Sin embargo, Christine encontraba que aquella actividad pecaminosa, disfrazada de santidad, se aproximaba a ciertos estados de locura que ella había visto, con pavor, en el hospicio de Troyes. Recordaba su lejano encuentro amoroso con Aurelio y le parecía un acto de pureza, ya no en comparación con los ritos que había presenciado, sino en sí mismo. En la sospecha y el temor de que aquellos desvaríos fueran producto de la abstinencia, Christine nunca participó de esas ceremonias. En un rincón alejado y en la sombra, veía cómo sus hermanas se entregaban a las frenéticas orgías celebradas en homenaje a Dios y cuyo propósito era mantener al diablo alejado, y no podía explicarse por qué peregrina razón Aurelio se condenaba, y en consecuencia también la condenaba a ella, a esa existencia sórdida.

La abadesa era una mujer madura que conservaba, sin embargo, un reposado aire de juventud. Severa y a la vez indulgente, inflexible para mantener la disciplina pero comprensiva a la hora de escuchar razones fundadas, podía ser una madre ecuánime o un padre riguroso. Sus rasgos femeninos y suaves se endurecían, por momentos, en un gesto de severa masculinidad. Si bien estas ceremonias que derivaban en el éxtasis colectivo podían presentar la apariencia de una bacanal, transcurrían, de hecho, bajo el férreo y místico control de la superiora. Nada escapaba de su mirada ni quedaba librado al azar. Ninguna de las hermanas debía vérselas sola en su lucha contra el demonio y, si las cosas se complicaban en medio del trance, la superiora las asistía con el experimentado conocimiento que tenía del súcubo inmundo que quería apoderarse de su rebaño. En cierta oportunidad, una novicia que no llegaba a los quince años fue víctima de los oscuros designios de Satán. A poco de iniciarse la ceremonia en torno del caldero, sor Gabrielle, tal el nombre de la víctima, envuelta en un tul de sudor hirviente, comenzó a manifestar la presencia del intruso que intentaba encarnarse en su cuerpo. Con aquella voz cavernosa y proveniente de otro mundo, la mujer profería imprecaciones y blasfemias hacia sus hermanas. La abadesa, intuyendo que habría de ser una lucha denodada, se acercó a la joven monja empuñando un crucifijo. Cuando la madre superiora estuvo frente a ella, la muchacha la miró con unos ojos temibles, feroces e inyectados en sangre, a la vez que se levantaba las faldas, exhibiendo su sexo inflamado y todavía lampiño. Entonces la mayor de las hermanas comprendió que era justamente a través de ese húmedo resquicio por donde había iniciado su ingreso el demonio, hecho ciertamente frecuente. Su larga experiencia le indicaba a la superiora que los íncubos encontraban en los pecaminosos orificios de la lujuria, la *via regia* por donde hacerse del cuerpo de las inocentes criaturas. La muchacha estaba tensa como un arco con el abdomen hacia arriba, apoyada en el piso sobre la punta de los pies y las palmas de las manos, moviendo la cadera e imitando los movimientos del coito. La superiora le ordenó a Christine, que estaba oculta detrás de una columna y era la única que no mostraba signos de contagio, que sujetara a su hermana por debajo de los brazos, mientras ella intentaba abrirle más aún las piernas para que la bestia se retirara de aquel cuerpo todavía infantil. Se hubiera dicho que a la novicia no la dominaban sentimientos de dolor, sino, por el contrario, parecía experimentar un placer sin límites. Gemía, se contorsionaba y un gesto de lascivia se le había instalado en el rostro. Era un hecho evidente que el demonio estaba invadiendo la humanidad de sor Gabrielle a través de aquella vulva abierta como un rosado capullo. La hermana superiora le habló mirando al centro de las piernas, conminando a Satanás a que abandonara de inmediato a la inocente. Christine, mientras intentaba sujetar ese cuerpo convulsionado, pudo notar que la sugerencia no solamente no había disuadido al presunto demonio, sino que tampoco pareció convencer a la pequeña religiosa quien, a juzgar por los gemidos, se sentía muy a gusto con el invasor. Sor Gabrielle maldijo a la madre superiora en lenguas muertas e intentó abofetearla. Entonces la madre Michelle decidió cambiar la estrategia: si el infausto se había hecho de su víctima a expensas del placer, ella, en el nombre de Dios, iba a darle tanto goce que al maléfico espíritu no habría de quedarle más alternativa que huir al verse derrotado. Se humedeció tres dedos de la mano introduciéndolos en su boca y recorrió con ellos los labios arrebatados de aquella hendidura candente. Christine vio con sus propios ojos cómo se levantaba un vapor espeso al contacto de la mano. La joven monja se revolvió y dio un alarido que pudo haber sido de deleite como de dolor o ambos a la vez. Pero el cuerpo parecía dispuesto a resistir que lo despojaran de aquel que tanto goce le estaba proporcionando. La superiora, con un movimiento impetuoso y certero, le quitó el hábito, dejando a la novicia completamente desnuda. Con una mano sujetaba el crucifijo y con la otra comenzó a acariciar los pezones enardecidos de la poseída. Esto último pareció ejercer un efecto inmediato. Sin embargo, la docilidad duró poco: al instante, la novicia reclamaba que el maldito no la abandonara. La abadesa indicó a Christine que le asiera los pechos y no dejara de frotarle los pezones, se arremangó y mostrando el crucifijo al espíritu de las tinieblas que habitaba las estrechas comarcas de Venus, se dispuso a aplicar el último recurso, aquel que aconsejaba Santa Ángela en sus escritos. Acercó la cruz y con ella comenzó a frotar suave pero impetuosamente los labios mudos de la novicia. Entonces sí, el éxtasis se impuso sobre la lascivia y la figura del Salvador derrotó de inmediato a Luzbel. Sor Gabrielle apretó el crucifijo entre sus piernas y, temblando como una hoja, lanzó un suspiro arrobado y fue volviendo en sí. Exhausta pero pacificada, la joven monja quedó tendida en el piso con una sonrisa plena de beatitud. Christine la cubrió con el hábito, se incorporó y, con mezcla de vergüenza y remordimiento, corrió a su claustro.

Todo esto recordaba Christine en la oscura soledad del cuarto. Sentada en el borde de su cama, apretando la carta de Aurelio contra su pecho, no pudo evitar un llanto amargo. Mirando el crucifijo que estaba sobre la cabecera, maldijo a aquel que se había interpuesto en sus vidas, y cuya lánguida apariencia le recordaba, todos los días, al hombre que amaba.

5

A la misma hora en que en el convento Christine revolvía dentro de un enorme caldero un guiso de gallina que habría de compartir con sus hermanas, su padre, el duque Geoffroy de Charny, apuraba su renguera por las calles de Troyes. Un sol primaveral confería a la ciudad una alegría festiva. Sin embargo, el gesto adusto del noble contrastaba con el ánimo de las gentes que parecían celebrar que el cielo por fin se había abierto después del temporal que había asolado a la ciudad durante los últimos días. Y en verdad, el duque no tenía nada que festejar. Acababa de mantener un encuentro con Henri de Poitiers, obispo de Troyes, quien no le había dado buenas noticias. O al menos no las que él quería escuchar. Geoffroy de Charny esperaba obtener el permiso de la autoridad eclesiástica para construir una iglesia en el vecino pueblo de Lirey. En rigor, el permiso le había sido concedido, aunque no de la forma en que hubiese anhelado el duque. Había solicitado no sólo el visto bueno, sino también la mitad del dinero necesario para erigir una catedral en homenaje a la Virgen. El obispo le hizo saber que, aunque celebraba su devoción, la máxima autoridad no creía menester destinar semejante gasto a un pueblo que apenas albergaba dos centenares de almas, en su mayoría campesinos sin fortuna. Era una inversión demasiado elevada para tan magra ganancia: en concepto de limosnas y ventas de indulgencias demorarían no menos de medio siglo en recuperar la inversión. Las iglesias que había en Troyes eran suficientes para albergar incluso a los moradores de Lirey. Por muy convincentes que parecieran los argumentos en contrario que exhibía el duque, el obispo dio por terminada la reunión con un concluyente "no". Geoffroy de Charny caminaba golpeando el cayado contra el piso y maldiciendo al obispo por el negocio que acababa de hacerle perder. Estaba realmente convencido de que una iglesia en Lirey podía ser un asunto sumamente lucrativo. Mientras se abría paso entre los vendedores de la plaza, no quería resignarse a la derrota; pensaba de qué forma hacerle ver al obispo los enormes beneficios que traería la construcción de la iglesia. A su paso podía escuchar el pregón de los vendedores de reliquias que exhibían sus sagradas mercancías, ofreciéndolas a voz en cuello a los viandantes que salían de la iglesia. Sobre unas telas raídas descansaban, entre tantas otras cosas, espinas pertenecientes a la corona de la pasión de Cristo, relicarios que contenían pelos de la barba de José, pequeños frascos con leche de la Virgen, plumas pertenecientes a las alas del arcángel Gabriel, el santo prepucio de Nuestro Señor, la lanza que atravesó el costado de Jesús y tantas astillas de la cruz como para construir un barco. Era aquel un espectáculo frecuente. El duque de Charny se decía que si aquellos falsificadores de poca monta que invadían la plaza se iban al fin del día con las sacas

41

repletas, cómo no habría de ser negocio una iglesia que exhibiera auténticas reliquias. Al fin y al cabo él era comerciante y no estaba dispuesto a tolerar que un clérigo le enseñara cómo hacer negocios. De pronto, una sábana que colgaba en una de las tiendas se agitó con el viento y fue a enredarse en la cara del duque. Geoffroy de Charny se enfureció; en su afán por quitársela de encima, estuvo a punto de caer. Estaba por descargar su furia amenazando al tendero con el cayado, cuando la imagen que vio sobre la tela lo sobrecogió: era la imagen de Jesús impresa sobre el lienzo. Era tal el estupor con que lo contemplaba, que ni siquiera escuchó cuando el tendero le dijo vacilante:

—Es el Santo Sudario que envolvió el cuerpo de Nuestro Señor.

El duque preguntó el precio y el tendero le dijo una cifra proporcional a su fascinación, esperando un regateo. Pero Geoffroy de Charny extrajo la talega que llevaba enlazada a la cintura y pagó sin decir palabra. Se hubiese dicho por la expresión de ambos que acababan de tener un mismo pensamiento: "Pobre idiota, no sabe lo que hace". Pero el tiempo habría de darle la razón al duque, quien acababa de confirmar que sabía hacer buenos negocios.

Con una expresión de triunfo, Geoffroy de Charny se alejó cargando el voluminoso sudario, llevando su renguera y su renovada esperanza calle arriba.

6

No muy lejos de las calles por las que paseaba su cojera Geoffroy de Charny cargando su compra, en su claustro del monasterio de Saint-Martin-es-Aires, Aurelio leía la carta indignada que le había enviado Christine y no podía evitar un sentimiento de vergüenza y culpabilidad: vergüenza ante su propia estupidez y culpabilidad porque, se dijo, tal vez él no fuese sólo una víctima de las circunstancias; finalmente ese destino, del cual se quejaba amargamente, era el que él mismo había elegido. Por otra parte, había subestimado la inteligencia de Christine: los argumentos que ella exponía tenían una solidez difícil de rebatir y una sinceridad tan incisiva y filosa como un puñal. Cada vez que Aurelio recibía una carta de la mujer que amaba sentía que su pequeño universo, construido laboriosamente a fuerza de lecturas de San Agustín, empezaba a temblar desde sus cimientos. Eran ciertas las palabras de Christine: no tenía derecho a culparla de un pecado que ambos habían cometido de mutuo acuerdo. En su fuero más íntimo, Aurelio tenía que reconocer frente a su propia conciencia que no había sido una mera víctima de la tentación, tal como pretendía convencerse injustamente. No le hubiese sido difícil afirmarse en el Génesis y culpar a Christine: en última instancia, si Eva era la responsable de la expulsión del paraíso, el fatídico objeto de la incitación al pecado original, la misma imputación podía hacerse extensiva a todas las mujeres. De hecho, ésta era la opinión de la Iglesia y siempre que Aurelio declaró su falta en un confesionario, fue rápidamente absuelto con este argumento: las mujeres son las verdaderas culpables de la lujuria, mientras que los hombres se dejan caer al abismo del mal por simple debilidad; en lo atinente a la carne, los varones no son pecadores por acción, sino por omisión, por no guardar el temple suficiente para resistirse a la tentación. Sumido en esas cavilaciones, el joven religioso, intentando vanamente establecer responsabilidades ante Dios, recordó el día en que se entregó a los brazos de la voluptuosidad. En la conciencia mortificada de Aurelio, al hecho en sí se sumaban, como un severo agravante, las circunstancias que lo habían rodeado. Como si estuviese compareciendo ante el Altísimo en el día del Juicio Final, Aurelio reconstruyó el momento en que, para él, se había iniciado su perdición.

Al día siguiente del primer encuentro en el mercado, Aurelio se debatía entre obedecer los severos dictados de su conciencia o dejarse arrastrar por el recuerdo de esos ojos verdes y esa sonrisa hermosa y amigable. Después de mucho pensarlo, llegó a una solución que conciliaba ambas posibilidades: iría a la cita pero, a la vez, se prometió que el único motivo que habría de guiar sus pasos era el de redimirse de su pequeño e infantil pecado del día anterior. Se disculparía ante la joven, le explicaría que aquel suceso había sido un inocente impulso nacido de la debilidad. Le diría que su verdadero y único compromiso era con Dios, que ya había decidido tomar los hábitos siguiendo el camino de San Agustín. En rigor, se justificó, esa cita no sería con Christine, sino más bien con su propio espíritu: era la mejor forma de poner a prueba su templanza. Demostrando su renovada entereza recibiría el perdón de Dios, quedaría disculpado por Christine y ya no sentiría ningún remordimiento de conciencia. Armado de todas esas convicciones, llegó al lugar del encuentro. Apoyó su espalda sobre una de las columnas de la galería que rodeaba la plaza del mercado, la misma en la que había conocido el sabor incomparable de los labios de Christine. Como quien estudia antes de enfrentarse a una mesa examinadora, repasaba *in pectore* todo lo que habría de decirle, cuando la vio surgir desde la multitud del mercado. Su hermosura era tal que, cuando avanzaba entre la gente, era como si todos desaparecieran a su paso. Aurelio de pronto tuvo la impresión de que ellos dos eran los únicos en medio del gentío, los únicos en la plaza, los únicos en el mundo. Por un momento, olvidó la omnisciente mirada de Dios. El pelo negro de ella se entregaba salvaje y orgulloso como una bandera de guerra flameando en la brisa veraniega. Aquellos ojos verdes ya se habían clavado en los de Aurelio y tenían ahora un gesto desafiante. Mientras caminaba, la fuerza de su resolución se manifestaba en el movimiento cadencioso de los pechos asomando por encima del escote. Y mientras se acercaba, cada paso de Christine era un golpe mortal sobre cada uno de los argumentos que Aurelio tenía preparados. Todas sus convicciones se caían con la misma facilidad con la que el viento deshoja un árbol otoñado. Las estudiadas explicaciones que había imaginado se convirtieron en el más absoluto silencio cuando, por fin, la tuvo frente a sí. Christine pronunció unas palabras que Aurelio no alcanzó a entender: tal era el embeleso que sólo vio el movimiento de sus labios encarnados hablando muy cerca de su boca. Tardaron en comprender que no estaban solos. De pronto, la nada que había dejado Christine tras de sí, volvió a poblarse con brutalidad. El pregón de los tenderos, el ruidoso paso de las carretas cargadas con frutas, vegetales y pescado, la marea humana que iba y venía por las callejuelas volvió desde el silencio para convertirse en una realidad ajena, hostil e indiscreta. Christine lo tomó de la mano y lo condujo hacia una calle estrecha y serpenteada. Aurelio se dejaba llevar como lo haría un niño. Igual que una mariposa tras un candil, iba magnetizado detrás de aquella cintura diminuta, que parecía contraída por un ceñidor y sin embargo estaba libre de toda presión, tal como lo revelaba el amplio y vaporoso vestido que llevaba. Así anduvieron durante un tiempo, que a Aurelio le resultó incalculable, hasta llegar a las afueras de la ciudad. En un bosque de abetos, luego de superar una empinada cuesta de piedras, se detuvieron a recuperar el aliento. A la sombra de una rama generosa juntaron sus pechos palpitantes y se abrazaron. Había algo en el perfume de la piel de Christine que conseguía que Aurelio se embriagara de tal modo que dejaba de ser aquel joven tímido y beato. Entonces, como si se tratara de un experimentado varón y no del casto y pueril hombrecito que era, bruscamente desnudó un hombro de Christine y lo recorrió hasta el cuello con sus labios, de ida y vuelta, consiguiendo que ella se conmoviera en un espasmo y dejara escapar un gemido de placer. Suavemente la impulsó hacia el árbol y la afirmó contra el tronco. Así, acorralada entre él y el abeto, la besó apasionadamente; mientras con un brazo la rodeaba por la cintura, la otra mano buscó refugio en el escote, le acarició suavemente un pecho, como sopesándolo, y luego lo liberó del agobio del vestido dejándolo desnudo. Antes de besarlo, quiso deleitarse mirando ese pezón rosado, enorme y perfecto. Luego humedeció sus dedos, el índice y el pulgar, en la boca suplicante de ella y apenas con la yema, recorrió la areola del pezón hasta llegar a su centro suave y turgente. Por su parte, Christine intentaba mantener los ojos bien abiertos: no podía dejar de ver en Aurelio a Jesús. La sola visión de tener a Cristo a su disposición, sólo para ella, perdiéndose en su escote, besándola y entregándose a sus brazos, la llenaba de un goce prohibido. Y cuanto más avanzaba en aquella proscripción, más placer alcanzaba. Y cada vez que Aurelio le arrancaba un sollozo, gemía el nombre del Señor.

—¡Jesús…! —exclamaba, confundiendo los nombres de los dos hombres que amaba y no hacía falta que se disculpara.

Y cuando Aurelio la levantó en vilo, la posó sobre la horqueta del abeto y subió su falda para meter su cabeza debajo, ella exclamó:

—¡Santo Cristo! —y no tuvo que dar ninguna explicación por el error.

Así, en esa posición, Christine lo tomó fuertemente del pelo y fue guiando la cabeza de él a su gusto y placer, de aquí para allá entre sus muslos, hasta que lo condujo hasta el exacto centro de sus piernas.

—¡Dios mío! —gritó ella, en alusión al Hijo, no al Padre

ni, menos aún, al Espíritu Santo, cuando sintió cómo la lengua de Aurelio recorría los silenciosos labios que estaban completamente húmedos.

Al oír las invocaciones a Dios en semejantes circunstancias, lejos de sentirse un hereje, Aurelio se dijo que tenía a las Escrituras de su lado. Perdido entre el follaje de los campos de Venus, recordaba los versos bíblicos de los amantes del *Cantar de los Cantares*:

> *Soplad en mi huerto, despréndanse sus aromas.*
> *Venga mi amado a su huerto,*
> *Y coma de su dulce fruta.*
> *Los contornos de tus muslos son como joyas,*
> *Obra de mano de excelente maestro.*

Y mientras comía de aquella dulce fruta, Aurelio se despojaba de todo sentimiento de culpabilidad. Igual que en el libro sagrado, él hubiese podido decir como Salomón:

> *He aquí que tú eres hermosa, amiga mía;*
> *He aquí que eres bella; tus ojos son como palomas.*

Y ella, mientras gemía y se entregaba, sentada como estaba sobre la horqueta del abeto, podía haber contestado:

> *He aquí que tú eres hermoso, amado mío, y dulce;*
> *Nuestro lecho es de flores.*

¿Quién podría condenarlos por ser fieles a la palabra sagrada? Y así, mientras hacían lo que Dios mandaba, Christine retiró suavemente la cabeza de Aurelio de entre sus piernas, se deslizó de la rama y bajó suavemente hasta la cintura de Aurelio. Tomó entre sus manos la protuberancia que pugnaba por escapar de las calzas, la acarició, la liberó y por fin la llevó hacia su boca. Y así, en cuclillas, a la sombra de la rama del árbol, la animaba el mismo espíritu que surgía del *Cantar de los Cantares*:

> *Como el manzano entre los árboles silvestres,*
> *Así es mi amado entre los jóvenes;*
> *Bajo la sombra del deseado me senté,*
> *Y su fruto fue dulce a mi paladar.*

¿Quién podía ser dueño de la suficiente autoridad moral para reprobarlos? ¿Ante los ojos de quién podrían estar cometiendo sacrilegio? Aquellos pasajes bíblicos constituían la celebración divina del amor y del placer, el más hermoso elogio poético de la relación entre el hombre y la mujer. Aurelio veía cómo la lengua de Christine recorría cada palmo de su sexo.

> *Miel y leche hay debajo de tu lengua;*
> *Tus dos pechos, como gemelos de gacela,*
> *Que se apacientan entre lirios.*

Luego Aurelio tomó a Christine suavemente por debajo de los brazos y la recostó sobre la hierba. Con la misma delicadeza se posó sobre ella; no le alcanzaban las manos para acariciarla y los labios para besarla. Y era como si resonaran las palabras del Antiguo Testamento:

Tu ombligo como una taza redonda
Que no le falta bebida.
Tu vientre como montón de trigo
Cercado de lirios.
Tus dos pechos, como gemelos de gacela.
Deja que tus pechos sean como racimos de vid,
Y el olor de tu boca como de manzanas,

Y así, Aurelio, extraviado entre los muslos de Christine, entró en ella con delicadeza y se abrió paso lenta y suavemente en aquellas tierras vírgenes. Y lejos de pensar que la estaba despojando de alguna virtud, lejos de creer que estaba ensuciando su cuerpo y denigrando su alma, pudo haber dicho como en los versos sagrados:

Toda tú eres hermosa, amiga mía,
Y en ti no hay mancha.

Y Christine sintió que al entregarse generosamente, sin hacerlo a cambio de contratos maritales, sin convertirse en una prenda de intercambio entre familias, sin constituirse en una moneda más dentro de la dote que pagaban los padres para desembarazarse de sus hijas, era más noble y más pura que la más noble y pura de las esposas. Y con eso era suficiente para declamar como en el *Cantar de los Cantares*:

Yo soy de mi amado,
Y conmigo tiene su contentamiento.

Y así, mientras se entregaban el uno al otro obedeciendo al dictado de los sentidos y del corazón, en cada ápice de sus cuerpos y en cada rincón de sus almas, honraban la Obra y alababan la Creación, tal como lo hacía la palabra sagrada:

Ponme como un sello sobre tu corazón, como una marca sobre
  tu brazo;
Porque fuerte es como la muerte el amor;
Duros como el Seol los celos;
Sus brasas, brasas de fuego, fuerte llama.
Las muchas aguas no podrán apagar el amor,
Ni lo ahogarán los ríos.

Y así, con los cuerpos enlazados sobre la hierba, debajo de la rama del abeto, Aurelio y Christine se durmieron con la cálida brisa del verano y la paz que otorga la tranquilidad de la conciencia.

Todo esto recordaba Aurelio en el oscuro claustro del monasterio, mientras sostenía la carta de Christine entre sus manos.

7

Geoffroy de Charny contemplaba extasiado su nueva adquisición. Había extendido el manto sobre el amplio salón y caminaba en torno de él examinándolo con una mano en el mentón. Era una tela de tres pasos de largo por uno de ancho, presentaba un aspecto extrañamente agrisado y la luminosa figura de Jesús le confería un fulgor sacro. El duque se detuvo en el rostro: tenía un gesto reposado a pesar del suplicio de las últimas horas. Los estigmas de la corona de espinas presentaban pequeñas manchas de lo que parecía ser sangre verdadera. Los brazos estaban cruzados por delante del torso y una de las muñecas dejaba ver la marca que había dejado el clavo, y lo mismo en los pies. De pronto, el duque golpeó las palmas de sus manos y antes de que dejara de reverberar el sonido contra las alturas del techo y las espaciadas paredes de piedra, se presentaron tres criados. El duque les ordenó que vieran el sudario y que luego le dieran su impresión: el primero se persignó y de inmediato comenzó a susurrar unas oraciones. El segundo había caído de rodillas y tocaba el manto como un náufrago que se aferrara a un madero flotando en medio del mar. El otro había quedado anonadado y no atinaba a moverse. Geoffroy de Charny tuvo que ordenarles tres veces y a los gritos que se retiraran del salón. Otra vez solo con su sudario, terminó de convencerse del potencial de una reliquia. Volvió a mirar la figura sobre la tela y se dijo que, si siendo aquella sábana una pésima falsificación, una pintura hecha por alguien que ni siquiera merecía ser llamado pintor, aun así conseguía suscitar semejantes arrebatos de fe, una confeccionada por el mejor de los artistas podría convocar multitudes. La Iglesia no podía ignorar el valor de las reliquias. De hecho, el concilio general del año 787 había decretado: "Si a partir de hoy se encuentra a un obispo consagrando un templo sin reliquias sagradas, será depuesto como trasgresor de las tradiciones eclesiásticas". Si bien aquella vieja encíclica no estaba en vigencia de hecho, sí lo estaba de derecho, ya que nunca había sido derogada. Geoffroy de Charny conocía la importancia que tuvo esa ley en su momento. La fe no necesitaba de pruebas, pero ciertas reliquias sustentaban materialmente lo que el dogma no tenía forma de probar. La proliferación de objetos sagrados sirvió para que surgieran cada vez más iglesias parroquiales; así, desde cada sede episcopal partían procesiones cada vez más numerosas. Atravesando las campiñas, llevaban en vilo montones de huesos, presuntos restos de santos, hasta las nuevas parroquias. Si bien aquella encíclica del siglo VIII promovía necesariamente la falsificación de reliquias, ya que resultaba imposible contar con tantos objetos sagrados como iglesias había, lo cierto es que las autoridades eclesiásticas comprobaron que nunca antes habían atraído a tantos fieles. Los complejos misterios de la fe, los arduos tratados de San Agustín y Santo Tomás, resultaban incomprensibles para las grandes mayorías analfabetas y no podían competir con la elocuencia de una corona de espinas o la mágica figura de Jesús fijada en un lienzo, como el mítico *mandylion* de Edessa o el pañuelo sangrado de Asturias. De hecho, en épocas de la encíclica, el esplendor de los monasterios y los poblados a los que pertenecían, se sustentaba, justamente, en las reliquias. Los objetos sacros y los restos de santos convocaban multitudes llegadas de pueblos vecinos. Y así, estos nuevos centros de atracción hacían que las aldeas se convirtieran en pueblos y los pueblos en ciudades cada vez más prósperas. En la misma proporción se engrosaban las arcas de los clérigos, las órdenes religiosas y los señores feudales. En todas partes se veneraban huesos sagrados e infinidad de objetos que, supuestamente, habían estado en contacto con Jesús. Y tal era la proliferación de nuevas iglesias, que no daban abasto para hacerse de reliquias. Así surgió un original negocio: el de la fabricación y venta al por mayor de objetos sagrados. Geoffroy de Charny conocía la historia de todas y cada una de las iglesias de Francia. Aquel impostor de la plaza no le había vendido al duque una burda falsificación, sino que le dio una brillante idea para fundar la que habría de ser la iglesia más rentable de toda Europa. Sólo debía volver a las fuentes.

8

La ira que revelaban las cartas de Christine tenía una razón última que Aurelio ignoraba. Para él, aquel encuentro en el bosque, no bien despertó abrazado a ella debajo del abeto, dejó de ser como un pasaje de los dulces versos del *Cantar de los cantares*, para convertirse en una visión de pesadilla. Cuando abrió los ojos y se descubrió semidesnudo junto a la muchacha que dormía con un gesto de plenitud, se santiguó como si se tratara del mismísimo demonio. Tras el descanso, al diluirse los efluvios del llamado de la carne, Aurelio se sintió de pronto abandonado de la mano de Dios, se percibía a sí mismo como una lacra de la más baja ralea, tal como describía San Pablo en Corintios a quienes osaban fornicar:

Os he escrito por carta, que no os juntéis con los fornicarios; no absolutamente con los fornicarios de este mundo, o con los avaros, o con los ladrones, o con los idólatras; pues en tal caso os sería necesario salir del mundo.

Así, exactamente así se sintió: expulsado del mundo, expulsado de su paraíso construido con las páginas de San Agustín y expulsado, por anticipado, del Reino de los Cielos. Por un instante de goce, se dijo, acababa de perder de una vez y para siempre la eterna felicidad a la diestra del Altísimo.

Porque sabéis esto, que ningún fornicario, o inmundo, o avaro, que es idólatra, tiene herencia en el reino de Cristo y de Dios.
Nadie os engañe con palabras vanas, porque por estas cosas viene la ira de Dios sobre los hijos de desobediencia. No seáis, pues, partícipes con ellos.

Las palabras de Pablo acudían a su conciencia para atormentarlo. ¿Cómo había sucumbido a los encantos de Christine? ¿Cómo había podido desobedecer los divinos mandatos? Mientras se incorporaba sacudiéndose las hierbas como si quisiera despojarse así del sentimiento de suciedad que lo acosaba, quería volver a ser el de siempre, el de antes, y no podía perdonarse el hecho de haber entregado su preciada castidad. No tuvo siquiera la valentía de mirar a los ojos de su amiga y decirle todo esto en la cara; tomó sus ropas, se vistió y se fue antes de que ella despertara. Algunos días después, Christine recibió una carta en la que él le expuso las razones por las cuales renunciaba para siempre a su amor. Ella aceptó la decisión de Aurelio con silenciosa resignación.

Cuando Aurelio consideró que había pasado un tiempo prudencial para que pudieran volver a verse, fraguó un encuentro casual. En esa oportunidad volvió a comunicarle su resolución de abandonarla e ingresar a la orden de los agustinianos. Christine no pronunció una sola palabra para retenerlo. No quería persuadirlo de nada que no naciera de su corazón. Sin embargo, a Christine, los tormentos a los que se sometía Aurelio le resultaban de una futilidad rayana con el cinismo a la luz de lo que a ella le había tocado. Tan resuelta estaba a no imponerle ninguna convicción que jamás le dijo al hombre que amaba que, durante aquel encuentro bajo el abeto, Aurelio había dejado su simiente en sus entrañas. Todavía no se imaginaba de qué manera habría de afrontar aquel trance, pero estaba dispuesta a seguir adelante del modo que fuese. No sabía cómo iba a enfrentarse a su padre, el duque Geoffroy de Charny, ante su hermano mayor, ante la mirada condenatoria del resto de su familia y la de todos aquellos que la rodeaban. Los planes del duque para con Christine eran bien distintos: ella ya tenía trece años, la edad suficiente para que fuese entregada en matrimonio. De hecho, hacía mucho tiempo, viendo la temprana belleza de Christine cuando era aún una niña pequeña, Pierre Douras, conde de Lirey, se había apurado a pedir la mano de la hija del duque. Para Geoffroy de Charny ese pacto resultaba un negocio doblemente rentable: por una parte se aseguraba una dote nada despreciable y, por otro, cuanto mayores fuesen los espacios de poder que pudiese conquistar en Lirey, tanto más se acrecentarían las posibilidades de llevar a cabo sus planes para construir su iglesia en la ciudad vecina. El conde era un hombre de sólidos contactos con la jerarquía eclesiástica y un buen amigo del obispo Henri de Poitiers. El futuro yerno del duque aparecía como el puente perfecto entre él y sus ambiciones clericales. Christine siempre había sufrido unas náuseas incontenibles ante la sola visión de su futuro marido, quien tenía edad para ser su abuelo. Su fisonomía era semejante a la de un pájaro carroñero: la nariz, ganchuda y larga, el cuello extenso echado hacia delante, la espalda encorvada, el mentón prognático y un tono de voz agudo le conferían un aspecto de ave de rapiña. El solo hecho de imaginar que habría de compartir el lecho marital con el conde de Lirey hasta que la muerte los separara, hizo que Christine se formara una opinión optimista sobre la muerte. Pero aquel era el destino de la mayor parte de las mujeres jóvenes. El matrimonio no estaba signado por el amor, sino por la conveniencia. No se sustentaba en la pasión, sino en el ambiguo concepto de *caritas*. En rigor, casi todos los negocios se escondían bajo el manto de la caridad. La *honesta copulatio* entre los cónyuges era la fórmula que había autorizado la Iglesia para que las pasiones de la carne se apaciguaran y así se encauzaran hacia el único fin: la procreación. El amor, por regla general, era un mal que acontecía por fuera del matrimonio. Así, el amor entre el hombre y la mujer era considerado impuro y, como tal, condenable. El matrimonio regido por la razón y no por la pasión, por la mesura de la carne y no por la fornicación, por la caridad y no por el amor era el que se ajustaba a los deseos de Dios, mientras que el amor, nacido de los más bajos instintos, era obra de Satanás. Christine había aceptado mansamente aquel destino, como lo hacían casi todas las mujeres, hasta el momento en que conoció a Aurelio. Desde luego, la condición *sine qua non* para que el duque pudiese entregar a su hija en matrimonio era que fuese virgen; que lograra dar testimonio de que no tenía mácula alguna, manchando con sangre virtuosa la sábana marital. Christine ni siquiera podía imaginar cómo habría de reaccionar su padre al enterarse de que ella ya no era virgen y que, además, llevaba un hijo del pecado en el vientre. Y, aun imaginando lo peor no hubiese podido sospechar lo que habría de sucederle. El castigo que fijaba el derecho para las madres solteras era la pena de muerte por ahogamiento. Y seguramente Christine hubiese preferido esta condena a la que le impuso su padre.

Las mujeres que quedaban embarazadas accidentalmente tenían pocos caminos a seguir: afrontar el castigo que imponía la Iglesia y así ganar el cielo purificando su alma en el patíbulo luego de dar a luz; huir de su familia y entregarse a la prostitución en un lupanar, o tener la fortuna de que su amante la raptara de los brazos familiares y escapara con ella a otro pueblo o ciudad. Éste, desde luego, no era el caso de Christine, ni hubiese podido serlo, ya que Aurelio ni siquiera estaba enterado de que había dejado su simiente en las entrañas de la muchacha. Quizá la alternativa más benévola para con ella misma era la de denunciar que había sido violada por un desconocido. Pero se negaba siquiera a considerar esta última posibilidad por más de una razón. Mientras se debatía en el terrible dilema, el volumen de su vientre iba creciendo, día a día, a mayor velocidad que su pensamiento: no sabía cómo resolver el problema. Debía manchar sus ropas con sangre de cordero para fingir menstruaciones a los ojos de las sirvientas; tenía que esconder sus náuseas y ocultarse de su madre para vomitar y, cuando el tamaño de su abdomen era ya indisimulable, se fajaba fuertemente por debajo del vestido. No sabía cuál habría de ser su suerte, pero estaba decidida a ser madre. Por nada del mundo iba a renunciar a su hijo aunque tuviese que prostituirse el resto de su vida. Cuando llegó el día en que ya no pudo ocultar su vientre ni siquiera ciñéndolo con la faja, decidió que era el momento de huir de la casa. Estaba guardando rápidamente algunas ropas y víveres en una talega, cuando fue descubierta por su hermano, Geoffroy II. El duque había delegado en su primogénito casi todas los asuntos atinentes a la autoridad doméstica ante la aparente ausencia mental de su mujer, Jeanne. Así, la integridad moral de su hermana menor era un asunto que cuidaba con más celo que éxito. Christine evitaba escrupulosamente dirigirle la palabra a su hermano, no sólo porque encontraba que no tenían demasiados temas de conversación, sino porque lo despreciaba tanto como a su padre. Por otra parte, mientras menos hablara con él, tanto más podría ella guardar su intimidad y sus secretos. Cuando vio a Christine empacando a escondidas, su hermano inició un interrogatorio inquisitorial. Temblando de miedo (tenía motivos para temerle), Christine guardaba un silencio hermético a la vez que estudiaba el modo de huir del cuarto por el resquicio que quedaba entre la persona de Geoffroy y la puerta.

—¿Serías capaz de guardar un secreto? —preguntó Christine sembrando la intriga.

Esas palabras bastaron para que su hermano se distendiera un poco y mostrara un falso espíritu de comprensión y piedad, con el único propósito de que ella confesara.

—Por supuesto —mintió Geoffroy.

—Quiero que veas esto —dijo Christine mirando en el interior de la talega que sostenía entre las manos.

Ganado por la curiosidad, el muchacho avanzó unos pasos abandonando su puesto junto a la puerta. Fue entonces cuando ella le arrojó la talega en medio del rostro y corrió hasta alcanzar la salida. Mientras corría por el pasillo rumbo a la puerta de la casa, podía escuchar los pasos presurosos de su hermano. Ella siempre había sido más ágil que Geoffroy y, aun embarazada, sabía que su hermano no podría alcanzarla. Estaba a un palmo del picaporte cuando se interpuso en su camino el grueso cayado de su padre. De pronto Christine se sintió como un cervatillo acosado por dos cazadores. Y aun sabiendo que no tenía escapatoria, no se entregó: se incorporó e intentó retomar la carrera; pero cuando giró sobre sus talones, chocó contra su hermano que, de inmediato, la tomó por el cuello. Al solo contacto entre los cuerpos, Geoffroy notó que había algo anormal en el vientre de su hermana. Entonces, tiró de sus ropas y dejó al desnudo el abdomen abultado de Christine. El duque pasó de la incomprensión al asombro y del asombro a la ira. Miraba atónito el vientre de su hija y en él veía, como en una esfera de adivinación, su futuro derrumbarse: estaba perdido, se dijo. Aquello no solamente constituía un escarnio para su apellido, sino que, además, era el crisol donde se derretían en un instante todas sus quimeras. El matrimonio con el conde de Lirey era ya imposible: no solamente debería el duque renunciar a la generosa dote que había ofrecido, sino que además tendría que compensarlo por faltar a la promesa con el equivalente al doble del monto de la prenda, según marcaba la ley. De cualquier modo, eso era nada en comparación con lo que más le importaba a Geoffroy de Charny: desde ese momento podía despedirse para siempre de la idea de fundar la Iglesia en Lirey. Mientras su hijo tenía sujeta a Christine por el cuello, el duque levantó el cayado en el aire y a punto estuvo de descargarlo con todas sus fuerzas sobre el vientre que albergaba la prueba del pecado; de hecho, la legislación lo asistía: podía, a la luz de las circunstancias, hacer uso de la prerrogativa de la autoridad paterna y apalearla. De hecho era muy frecuente que fuese el propio padre quien, con la asistencia de los miembros varones de la familia, se encargara de hacer justicia en casos de adulterio. Y ése era, exactamente, el crimen que había cometido Christine, el de adulterio, ya que había roto su virginidad fuera del matrimonio aunque éste no se hubiese concretado todavía. Las mujeres corrompidas por este delito era condenadas a la horca, arrojadas a una ciénaga o bien ejecutadas "de un solo golpe por el filo de una hoja de acero". El adulterio era, sobre todas las cosas, una mácula negra para la familia, de modo que la afrenta debía ser lavada con la sangre de la contraventora. Por otra parte, era muy frecuente que fuesen los propios familiares quienes delataran a los supuestos criminales. Los maridos elevaban el índice contra sus esposas, los hermanos se acusaban entre sí, los hijos levantaban testimonio contra sus padres y los padres señalaban a sus propios hijos. Dios estaba por encima de todo y no debía haber miramientos, ya que nadie podría tener prerrogativas por encima de Él. La delación era, en última instancia, la única forma de no conspirar contra el Altísimo con el silencio cómplice. Ahora bien, en caso de que la mujer hubiese quedado encinta a causa del pecado, había que esperar que la ejecución tuviese lugar luego del alumbramiento. Pero para Geoffroy de Charny, los meses que restaban para el parto serían un interminable tiempo de vergüenza e ignominia; no estaba dispuesto a someterse a la humillación pública y perder, en un segundo, todo el prestigio que había construido laboriosamente durante tantos años. Así, todavía blandiendo el bastón en el aire, el duque ordenó a su hijo que llevara a su hermana a su habitación y atara sus muñecas y tobillos a la cama. Tuvo que refrenarse para no apalear a Christine hasta matarla. Pero sabía que, ante todo, no podía perder de vista su principal objetivo: construir su iglesia en Lirey. Tenía que actuar con rapidez e inteligencia.

Geoffroy de Charny esperó a que cayera la noche. Bajo la luna llena cabalgó hasta los confines de sus propias comarcas y se internó en un bosque alejado de las durmientes alquerías de sus siervos. Cuando la espesura se hizo densa al punto de no poder seguir de a caballo, se apeó y, abriéndose paso con un sable afilado, llegó hasta una cabaña oculta entre el follaje. La tenue luz de una llama brillaba entre los resquicios de las maderas, revelando la vigilia de su moradora. No hizo falta que golpeara la puerta ni que se anunciara: una voz áspera como una rama crepitante, dijo:

—Adelante, os estaba esperando.

El duque raramente experimentaba miedo, pero cada vez que, por alguna razón de fuerza mayor debía acudir a casa de la vieja Corneille, un frío helado le corría por la espalda. No se explicaba cómo, cada vez que llegaba imprevistamente, ella siempre adivinaba su presencia sin que tuviera que anunciarse. Geoffroy de Charny entró en la humilde choza; sentada junto a un caldero estaba ella, igual que siempre, preparando quién sabe qué pestilente pócima. La casa de la mujer medía no más de tres pasos de largo por cinco de ancho. Estaba hecha de troncos sin alisar y el techo era de paja. En ese pequeño cubo convivía con varios gatos que se echaban alrededor de la fogata y unos cuantos cuervos que aferraban sus garras a una vara cercana al techo. Había también un par de cabras que le servían para darse calor al recostarse sobre ellas. El único mueble era un camastro y desde todas partes colgaban ollas de barro, marmitas y cuencos de todas las formas y tamaños. Corneille era una mujer de una edad incierta; desde que el duque era un niño la recordaba siempre igual, como si el tiempo no pasara para ella, pero no porque se mantuviera joven; al contrario, se hubiera dicho que había nacido anciana. Sobre la vieja Corneille pesaban varias acusaciones de brujería. Pero era demasiado buena en sus malas artes para que las autoridades políticas y eclesiásticas se atrevieran a arrojarla a la hoguera, un poco por temor a que el demonio tomara represalias en defensa de su mejor discípula y un poco porque no podían prescindir de sus necesarios servicios. Lo que Dios no otorgaba, Corneille lo vendía a un precio razonable.

—Por lo visto no podéis deshaceros tan fácilmente de aquello que condenáis —dijo la vieja sin dejar de revolver dentro del caldero.

El duque se inclinó respetuosamente ante la bruja con la misma reverencia con que saludaría a un sacerdote, y se dispuso a relatarle su problema. Pero a poco de pronunciar algunas palabras, Corneille lo hizo callar como si conociera los detalles del asunto. El panorama no se presentaba alentador. Si el embarazo databa de unos pocas semanas, podía interrumpirse fácilmente con un preparado a base de azafrán, perejil y apiolina. Pero a la luz de los hechos, no quedaba otro remedio que la aplicación de la vara dorada o método de la *Via Regia*. La bruja Corneille pidió al duque que trajera a su hija, un relicario de su pertenencia y cuarenta monedas de oro, poniendo especial énfasis en este último punto.

Geoffroy de Charny y su hijo llevaron a Christine a la rastra, como si se tratara de un animal. La habían atado por las muñecas y por los tobillos para que no pudiese siquiera intentar escapar y le pusieron una mordaza para acallar su gritos desesperados. La muchacha, adivinando los designios de su padre, se ahogaba en sus propias lágrimas y, de haber podido, hubiese implorado que la mataran. Lo único que amaba en este mundo con entera convicción era el hijo que llevaba en sus entrañas. Si hubiese podido hablar, habría suplicado que aplicaran la condena que le cabía por ley: que esperaran hasta el momento de alumbrar y que luego la mataran a ella. No le importaba en absoluto su suerte. Mientras la arrastraban por el campo, no le prestaba ninguna atención al dolor de los abrojos que se le enterraban en la carne como pequeñas coronas de púas, ni a los raspones que flagelaban su piel; únicamente cuidaba que su vientre no golpeara contra las piedras del camino. Y así, arrastrándola a campo traviesa, después de pasar por todas las estaciones de aquel calvario, entre insultos y golpes, llegaron a casa de Corneille.

Sujeta de pies y manos al camastro, envuelta en la nube

de vapor del caldero y por el humo negro que provenía de un incensario, Christine veía los ojos curiosos de los cuervos mirando la escena desde las alturas del techo. Tenía la piel lacerada por las cuerdas y desde la boca le caía un hilo de sangre a causa de la mordaza. Pero no le importaba en absoluto el dolor; el tormento físico había quedado completamente adormecido por el suplicio del alma. Y ese dolor podía más que todo lo demás; se imponía a la indignación y al miedo, al desamor de su propio padre y al odio infinito que Dios parecía tenerle. Y mientras Christine veía cómo la bruja preparaba la varilla asesina calentándola en la llama, se sentía presa en una soledad oceánica, despojada de aquello que más le pertenecía. Y cuando contemplaba a su propio padre, de pie en un ángulo de la choza, sosteniendo un crucifijo y disculpándose ante el Altísimo por los pecados de su hija, se dijo que Dios jamás había estado del lado de los débiles, ni de los indefensos, ni de los desamparados. En primer lugar, la vieja la obligó a tomar un preparado hecho con cantárida, ruda, sabina y cornezuelo de centeno. Este potaje era un fortísimo tóxico que en muchas oportunidades acababa con el feto por la simple razón de que, antes, terminaba con la vida de la madre. Christine torció la cabeza y vomitó junto al camastro. Las cabras, asustadas, balaban e iban de aquí para allá en el diminuto espacio de la choza. Los cuervos se sumaron al bullicio dando unos horrorosos graznidos, mientras el duque invocaba a Dios y Corneille a Satanás. Era aquel el retrato viviente de un pesebre diabólico, cuyo signo no era el alumbramiento sino todo lo contrario. La hija del duque estaba al borde del desvanecimiento pero, lamentablemente para ella, se mantenía consciente. Cuando el extremo de la vara tomó un color azulino a causa del calor, Corneille la untó con un aceite hediondo, y comenzó a invadir el cuerpo de Christine hacia el vientre. Por mucho que tensaba los músculos e intentaba cerrar el paso de la vara, estaba completamente indefensa. Sintió el calor del metal en la carne y creyó morir de dolor. En realidad, eso es lo que hubiese querido: morir en ese mismo momento y no tener que asistir al despojo brutal al que estaba siendo sometida. De hecho, la muerte de la embarazada era lo que ocurría con más frecuencia. Pero pudo comprobar con tristeza que, pese a todo, seguía con vida. Christine sintió cómo el metal punzante de pronto embistió contra el útero. Gritó con todas sus fuerzas pero esta vez a causa de la desesperación: fue una estocada mortal, lo supo. La muerte de aquel que llevaba en sus entrañas ya era un hecho consumado. A partir de entonces ni siquiera el llanto alcanzaba para ahogar tanto desconsuelo. Mientras Corneille rasgaba la membrana ovular y luego extraía el pequeño cuerpo en formación, Christine no emitió un solo sonido ni movió un solo músculo de la cara; no gritó ningún insulto, no lanzó ninguna imprecación ni imploró piedad. Estaba muerta en vida. Todo era silencio cuando la bruja tomó entre sus manos al nonato y se lo mostró a Geoffroy de Charny. El duque elevó la mirada hacia las alturas y agradeció a Dios. Corneille metió el feto dentro del relicario y se lo dio al noble a cambio de las cuarenta monedas de oro.

La iglesia del duque Geoffroy de Charny ya contaba con su primer mártir.

9

Aquel doloroso acontecimiento iba a signar para siempre la vida de Christine. No solamente sufrió el repudio de su propia familia, sino que, además, fue desheredada y se le declaró la emancipación. Esto último significaba, lisa y llanamente, la expulsión de su casa y el fin de la protección de su padre, suponiendo, claro, que alguna vez la hubiese tenido. Para el duque, en cambio, ese hecho fue apenas un traspié en sus negocios. La frustración del matrimonio de su hija con Pierre Douras significaba un duro revés para sus ambiciones de construir una iglesia en Lirey, por cuanto perdía a su mediador con el arzobispo Henri de Poitiers. Además, estaba obligado a compensar económicamente al conde al faltar a la promesa de entregar la mano de su hija. Sin embargo, Geoffroy de Charny se sintió confortado de que el mal, personificado en la herética figura de Christine, ya no habitara la casa. Su madre jamás pareció haberse dado por enterada del destino de su hija.

La idea de fabricar el Santo Sudario para construir el templo en su honor, se le presentaba como la mejor forma de recuperar las posibilidades que la escandalosa conducta de Christine le había arrebatado. Para el duque no se trataba de una adulteración, sino de un acto de justicia y reparación. Geoffroy de Charny se retiró a los altos del castillo, donde habría de pasarse una breve temporada, con el único propósito de pensar sin ser molestado. Así se lo hizo saber a su mujer, a su hijo y a los criados. En la torreta más alta del castillo, desde donde dominaba la ciudad de Troyes, con la mirada perdida en un punto impreciso situado por sobre la línea del horizonte, pensaba y tomaba notas. Durante los últimos días, precisamente desde que empezara a pergeñar la idea de confeccionar el "auténtico" manto que había cubierto a Jesús hasta su resurrección, se había convencido a sí mismo de la veracidad de una vieja fábula: la de la existencia del *mandylion* de Edessa, aquel mítico pañuelo que había conservado milagrosamente la imagen del rostro de Jesús, y que habría aparecido en aquella ciudad cercana a Constantinopla. Ése sería el primer eslabón de la historia que empezaba a imaginar. Sabía que más importante aún que la elocuencia del objeto en sí, era el relato sobre el cual habría de sustentarse. No existía evidencia cierta de la Sagrada Imagen de Edessa, sino numerosas versiones bastante poco coincidentes entre sí. Geoffroy de Charny reconstruía *in mente* las historias que había oído sobre el *mandylion*, e intentaba unificarlas en una sola que se ajustara a sus planes. Recordó que en el siglo VI empezaron a aparecer numerosas imágenes de Cristo a las que se llamó *acheiropoieton* o *acheropitas*, términos que aludían a la ausencia de la mano humana en su confección. Una leyenda atribuida a Eusebio, quien aseguraba haberse documentado en los archivos de Edessa, decía que al enfermar Abgar V, rey de Edessa, y viendo que su vida se apagaba, desesperado mandó un emisario, llamado Ananías, para que viera a Jesús y lo convenciera de que acudiera a su reino. Ananías no tuvo buenas noticias: Jesús no aceptó la invitación, aunque sí le envío al rey bendiciones y buenaventura para él y su pueblo. Juan de Damasco agregó en 730 que, cautivado por el esplendor del rostro de Jesús, Ananías pintó un retrato del Mesías. Pero al ver Jesús que el mensajero no tenía oficio ni talento alguno para el retrato, tomó una tela, se cubrió la cara con ella y, al retirarla, apareció la perfecta representación de su rostro. Según esta tradición, las imágenes posteriores de Cristo fueron copiadas de la tela de Edessa. El duque de Charny, encerrado en su baluarte, recordaba que, entre las leyendas, había una que atribuía al carácter milagroso del lienzo el rechazo de los persas que, en 544, habían sitiado Edessa. La imagen había sido llevada por todo el perímetro de las murallas y al fin de esa ceremonia, los atacantes abandonaron el sitio. Igualmente, el elocuente poder del *mandylion* se dice que sirvió para derrotar a los iconoclastas, quienes cayeron rendidos ante la fuerza de la evidencia. Fue entonces cuando Constantinopla decidió apoderarse de aquella poderosísima arma. En 943 el emperador Lecapenus sitió y luego invadió Edessa, haciéndose de la Imagen que fue llevada el año siguiente a la capilla imperial de Buceleón. Y ahí acababan los relatos. Geoffroy de Charny iba escribiendo la historia de modo de no olvidar ningún detalle. Antes de fabricar su Santo Sudario, tenía que crear un marco histórico que hiciera verosímil su inminente reaparición. Entonces imaginó de qué forma podía continuar el relato: en el año 1204, luego del saqueo y destrucción de Constantinopla, el manto quedó en manos de los Caballeros Templarios, quienes lo ocultaron en la fortaleza de San Juan de Acre, bajo la custodia de los monjes guerreros. Ahora bien, razonó Geoffroy de Charny, ¿cómo pudo haber llegado el *mandylion* desde las manos de los cruzados hasta las suyas? ¿Y si él mismo hubiese sido miembro de la Orden de los Caballeros Templarios? Era una buena posibilidad: él podía haber tenido a su cargo la protección de la reliquia y se la llevó secretamente a Francia para ponerla a buen resguardo. Esta alternativa lo dejaba, además, en una posición heroica, aunque presentaba algunos puntos delicados: todos sabían que en 1307 el rey de Francia, Felipe el Hermoso, disolvió la orden de los Templarios y mandó ejecutar a sus miembros, acusados de practicar cultos secretos paganos. Sin embargo, se dijo que el tiempo jugaba a su favor: ya no existía, de hecho, la tenaz persecución que había tenido lugar en el pasado hacia los templarios. Además Geoffroy de Charny mantenía muy buenas relaciones políticas y hasta familiares con ciertos integrantes de la corte. El duque tenía experiencia en inventar historias sobre su pasado; sin poder exhibir una sola gloria, justificaba su renguera, producto de la más pura torpeza al caer del caballo durante una jornada de caza, atribuyéndola a su bravía participación en la batalla de Calais en la que, desde luego, jamás había estado. De acuerdo con su apócrifa autobiografía, Geoffroy de Charny decía haber servido bajo las órdenes del conde de Eu en las guerras de Languedoc y Guyenne. Aseguraba que en 1345 partió con las tropas de Humbert II a batallar a tierra infiel. Pero sólo se había ausentado de Troyes para ocultarse en su casa de campo de la vecina Lirey. Nunca perdía oportunidad para relatar con qué entereza había soportado su cautiverio al caer prisionero de los británicos en el curso de una feroz batalla. Se jactaba de haber sido rescatado por los oficios del mismísimo rey de Francia a cambio de mil *écus* de oro. Sin sonrojarse, aseguraba que lo habían designado para enarbolar el blasón marcial del rey. Lo cierto es que el duque nunca fue demasiado diestro en el manejo de las armas. Pero su renguera, los ropajes gallardos que solía vestir y su estatura augusta, parecían convencer a todo el mundo o, al menos, a aquellos que tenían la paciencia para escucharlo. Por otra parte, solía confundir valentía con crueldad; dueño de una ferocidad sin límites, era frecuente que maltratara a los campesinos que trabajaban su hacienda. Ante faltas ciertamente menores, el duque no dudaba en estaquearlos o azotarlos con sus propias manos. La imagen pública de hombre violento que había sabido construirse, sin dudas contribuía con su propósito. A esta historia imaginaria sólo había que agregar algunos capítulos. A partir de ese momento sería un Caballero de la Orden de los Templarios y, nada menos, el encargado de haber resguardado el *mandylion* de Jesús. Era lo suficientemente astuto para saber que no debía declamarlo a viva voz, ya que se suponía que había sobrevivido a la matanza que recayó sobre los Templarios. Debía tener un pasado de heroica clandestinidad y guardar un cauto silencio al respecto. Tenía que moverse en el terreno de los rumores, dejar que la versión corriera de boca en boca y se extendiera según la mecánica propia de la murmuración.

Ahora que le había dado forma al relato, quedaba por delante la tarea más ardua: fabricar el Lienzo Sagrado.

Una historia sangrienta habría de avecinarse.

10

Nunca supo Aurelio del terrible calvario que atravesó Christine. Jamás se enteró que, durante aquel fugaz encuentro, había dejado su simiente en el vientre de la mujer a la que había resuelto cambiar por Dios. Christine guardó el secreto para no agregar un tormento al hombre que aún, y pese a todo, amaba. Con su propio dolor ya era suficiente.

Para Aurelio, por su parte, el monasterio de Saint-Martin-es-Aires se había convertido en la más difícil de las pruebas que Dios había puesto en su camino. Lejos de encontrar en su lugar de retiro la paz espiritual necesaria para el ejercicio de la contemplación, sus sentidos y su alma estaban replegados sobre sus propios y sombríos pensamientos. Sin poder entregarse por completo al Altísimo y a la consideración mística de Su creación, ocupaba los días en recordar, a su pesar, a la mujer junto a la cual había sido feliz, aunque no quisiera admitirlo. Por las noches solía visitarlo el fantasma del insomnio, atormentándolo con recuerdos cargados de una voluptuosidad contra la cual ya no sabía cómo luchar. Ignorante de la cruel *via crucis* que había padecido Christine, imaginaba su cuerpo desnudo, su boca ofreciéndose como una fruta repleta de jugo y el perfume único de su piel. Por mucho que se persignara, no conseguía aventar los demonios que le laceraban el alma y le inflamaban el cuerpo; podía sentir cómo los humores llegaban en torbellino hasta instalarse por debajo del vientre, dejando la carne tan palpitante y pétrea que el solo roce con el jergón o el leve contacto con las cobijas, le producía al joven cura un placer indómito. Por más que se encomendara a todos los santos, no podía evitar la visión de Christine, de sus pezones rojos y suaves como un durazno y, contra su propia voluntad, imaginaba que recorría con su lengua esos muslos firmes, luego el pubis hasta llegar, por fin, al recinto más hospitalario, a ese lugar cálido como un pequeño volcán bullendo. Y al tiempo que iba y venía con su lengua desde un extremo al otro, apretaba con todas la fuerza de sus manos las grupas generosas que retemblaban siguiendo el movimiento ascendente y descendente de las caderas. Entonces cualquier pensamiento religioso al que Aurelio quisiera apelar se tornaba obsceno, indecible: ¿cómo mezclar la Santa imagen de la Virgen con aquellas ensoñaciones lascivas? ¿qué podía hacer Ella más que ruborizarse y huir? Entonces, abandonado a sus visiones, derrotado por sus propias tentaciones, el joven cura iniciaba un rítmico movimiento contra el camastro, frotándose levemente, hasta que sobrevenía el éxtasis. Intentaba contener los fluidos en la concavidad de su mano pero, por lo general, era tal la profusión que rebasaban el cuenco de la palma e iban a dar a las cobijas. Fatigado, sucio, humillado por su propia conciencia y sintiéndose el más vil de los pecadores, Aurelio se dormía con un gesto amargo. Cuando llegaba el día intentaba olvidar todo, pero ahí, sobre las sábanas, habían quedado las huellas del pecado como un recordatorio cruel que azuzaba sus culpas.

Por mucho que Aurelio quisiera convencerse de que dedicaba el día entero a la contemplación, muchas veces tenía la impresión de que lo que hacía era una sola y sencilla cosa: nada. A diferencia de los monasterios pertenecientes a otras órdenes, como la de los benedictinos, los monjes agustinianos eran dueños de una pasividad tal que, quizás, a ojos de un impío, pudieran parecer holgazanes. Pero no podía confundirse contemplación con indolencia, aunque Aurelio por momentos lo dudara. Tal vez todavía no hubiese alcanzado a aprehender el concepto filosófico de su maestro, el gran Agustín, según el cual el conocimiento, la revelación de la verdad surgía del puro y llano acto de pensar en las cosas divinas. Tan sencillo era el método que quizás, en su misma simpleza radicaba la dificultad, se decía Aurelio. Veía a sus hermanos contemplando sentados bajo la galería que rodeaba el patio o sentados bajo un árbol, y lo hacían con tal devota quietud que a veces llegaban a emitir unos ronquidos celestiales. Entonces se preguntaba si llegaría el día en que su comunión con Dios fuera tan grande que pudiera prescindir por completo de la razón para comprender el sentido último de la creación. Muchas veces Aurelio sospechaba que tanta inacción podía ser, tal vez, lo que mantenía su espíritu ocupado en pensamientos sombríos y pecaminosos. Veía a los campesinos trabajando en los campos del monasterio y creía descubrir tras el agobio de sus espaldas dobladas por el peso de la cosecha una recóndita expresión de felicidad, de verdadera unión con la obra divina, como si el trabajo los liberara de los pecados que pudieran cometer.

—No hay trabajo más agobiante que el del pastor —solía decir el Prior de la abadía de Saint-Martin-es-Aires, el padre Alphonse, con el propósito de hacerles ver a los iniciados que la labor del religioso, velando por el alma de sus hijos incontables, superior en número a cualquier rebaño de ovejas, era el más elevado y sacrificado de los trabajos. Pero por momentos Aurelio no podía evitar el desesperante sentimiento de ver consumirse su existencia con la misma pasividad con la que se extinguían los cirios que alumbraban su clausura.

El joven sacerdote había visto los monasterios benedictinos y franciscanos adornados con bajorrelieves y pinturas hechos por los propios monjes y, en comparación con las paredes oscuras y sin ornamentar de su casa de retiro, eran lugares gratos y bellos. Notaba que los demás monasterios estaban llenos de vida y trabajo, de fenomenales bibliotecas hechas por los monjes copistas, de talleres en los que se enseñaban y ejercían los más diversos oficios, mientras él y sus hermanos se entregaban a una árida y monocorde contemplación durante el día y a unas prácticas abyectas durante la noche. Podía ver que, mientras su monasterio estaba completamente aislado, los otros guardaban comunicación entre sí, intercambiaban algunas experiencias y se dejaban influir por el saber de los monjes irlandeses y sajones. Pero los agustinianos del padre Alphonse se resistían a la doctrina de San Benito que establecía el trabajo manual, además del espiritual y el intelectual. Esto había determinado una economía autárquica sustentada en el intercambio de labores dentro de la comunidad religiosa: el trabajo de los sacerdotes abarcaba todas las tareas, desde el cultivo de los campos, la manufactura de todo lo necesario, hasta el trabajo artesanal y artístico. La orden de los agustinianos, en cambio, cuyos miembros estaban demasiado ocupados en la dura faena de la contemplación, delegaba todo el trabajo en los hermanos legos y las tareas más rudas, en los campesinos libres y los siervos y vasallos del monasterio. En una cosa sí coincidían los agustinianos del prior Alphonse con las órdenes monacales más laboriosas: en que el trabajo era un castigo, tal como se desprendía de las escrituras cuando Dios dijo al primer hombre luego del pecado original: "En el sudor de tu rostro comerás el pan hasta que vuelvas a la tierra" y "sacólo Jehová del huerto del Edén, para que labrase la tierra de que fue tomado". Sin embargo, el padre Alphonse creía más conveniente y eficaz la práctica de la autoflagelación: unos minutos de rigurosos latigazos en las espaldas resultaba, a su criterio, una penitencia mucho más contundente a los ojos del altísimo que largas jornadas de trabajo físico. Por otra parte, los monjes no podían hacer las mismas actividades mundanales que el resto de los mortales, la suya era una tarea espiritual, metafísica, que debía involucrar lo menos posible los asuntos corporales. El prior Alphonse sostenía que si los monjes debían trabajar usando de su cuerpo igual que los laicos, entonces, siguiendo la misma lógica, pronto habrían de pedir la abolición del celibato para dar rienda suelta a todas las actividades de la carne. Pero Aurelio miraba sus manos inmaculadas, hábiles solamente para proporcionarle el prohibido placer, y no podía evitar sentirse completamente inútil. Se decía que si pudiese ocupar su pensamiento en asuntos más tangibles además de la contemplación y en algún trabajo más concreto que la oración, quizá se viera menos compelido a ejercitar aquellas labores manuales nocturnas que lo llenaban de culpabilidad. Pensaba en los monjes de la abadía de Saint Gall y en los del monasterio de Solignac, fundado por San Eligio, el célebre orfebre del siglo VII, en sus maravillosas obras de arte, en los relicarios hechos por sus propias manos e imaginaba que ningún mal pensamiento, ninguna mala acción podía salir de aquellas imaginaciones prodigiosas puestas al servicio de Dios mediante la labor. Después de todo, se decía Aurelio, el propio Dios había trabajado tan duro durante los seis primeros días, que se permitió sólo uno de descanso para contemplar su obra. ¿Tenía derecho él a tomarse los siete días de la semana para contemplar la creación? Pensaba en los fabulosos talleres de aquellos conventos y en los monjes *miniatores* empuñando los pinceles para ilustrar los libros hechos por los copistas, en los *scriptores*, jóvenes ayudantes de los sabios *antucuarii* blandiendo la pluma como hábiles calígrafos que eran y en el noble trabajo de los *rubricatores* y no se explicaba por qué razón sus hermanos se sentían tan a gusto sin hacer nada. O, para decirlo en sus propios términos, sin hacer nada más que reflexionar en los divinos asuntos. Quizá dejarían de verse justificados cada vez que introducían subrepticiamente niños al monasterio para saciar sus apetitos carnales si dedicaran sus esfuerzos físicos a ganarse el pan con el sudor de la frente. Como siempre, cada vez que un pensamiento lo atormentaba, Aurelio tomó papel y pluma y encabezó la nota con las palabras de siempre: *Mi señora:* …

11

Geoffroy de Charny tenía que moverse con cautela y ser sumamente discreto. No comentó el plan con nadie, ni siquiera con su propio hijo, a quien consideraba su mano derecha. Tenía trato con muchos y muy buenos artistas, pero con ninguno guardaba la confianza suficiente para confesarle abiertamente sus planes. Conocía la naturaleza humana; sabía que por muy devoto que fuese, hasta el más católico de los pintores tenía su precio. Y él estaba dispuesto a pagarlo. Pero no era solamente una cuestión de dinero. Esa clase de discreción no se compraba sólo en contante y sonante, sino que requería de la convicción de aquel que no siente que va a cometer un fraude, sino, al contrario, la de quien cree que va a hacer un acto de justicia, de anónima filantropía. Sabía que debía superar varios escollos; para que la reliquia fuese lo suficientemente valiosa y verosímil, había que desterrar todo vestigio que pudiese ser fácilmente desmentido. La frágil versión de que el *mandylion* de Edessa tuvo su origen en un acto mágico producido en vida por Jesús al entrar en contacto con su rostro, se le antojaba al duque un relato débil y sin demasiado valor postrero, ya que ni siquiera se sugería en los Evangelios. Necesitaba pensar en un objeto que hubiese sido el testigo mudo de la resurrección, cuya existencia se acreditara en las Escrituras. Y que lo presentara de cuerpo entero, no sólo el rostro. Por eso, pese a la burda factura que presentaba, lo impresionó tanto el sudario que había comprado en la plaza. Entonces, se dijo, era menester preparar las cosas de tal modo que en el futuro nadie tuviese dudas de que la tela de Edessa no era un pañuelo, sino una mortaja. Ahora bien, existían todavía varios problemas: en primer lugar, las Escrituras eran un tanto ambiguas al respecto; según los distintos evangelios, a veces hablaban de que el cuerpo de Cristo había sido cubierto con vendas, a la usanza judía, y no envuelto en una mortaja; sin embargo, en otros pasajes, se hacía mención de una sábana.

Geoffroy de Charny examinó la Biblia una y otra vez, leyó y releyó los pasajes en los que se aludía a la muerte y resurrección de Jesús. En el Evangelio según San Juan, capítulo 20, decía:

38. Después de estas cosas, José de Arimatea, el cual era discípulo de Jesús, más secreto por miedo de los judíos, rogó a Pilato que pudiera quitar el cuerpo de Jesús: y permitióselo Pilato. Entones vino, y quitó el cuerpo de Jesús.
39. Y vino también Nicodemo, el que antes había venido a Jesús de noche, trayendo un compuesto de mirra y áloes, como cien libras.
40. Tomaron pues el cuerpo de Jesús, y envolviéronlo en lienzos con especias, como es costumbre de los Judíos sepultar.

El duque no pudo evitar un gesto de desaliento: San Juan no hacía mención de mortaja alguna. Ni siquiera hablaba de un pañuelo que le cubriera el rostro. La lectura de San Lucas no era más alentadora: en el capítulo 24, donde relata los hechos de la resurrección, Geoffroy de Charny leyó:

12. Pero levantándose Pedro, corrió al sepulcro: y como miró dentro vio sólo los lienzos echados; y se fue maravillándose de lo que había sucedido.

Tampoco aquí había vestigio alguno de una sábana que cubriera el cuerpo de Cristo. Otra vez aparecían los lienzos, en plural, en clara alusión a los vendajes que utilizaban los judíos. Sin embargo, en la versión de San Mateo, en el capítulo 22, aparecía un nuevo elemento:

3. Con esta nueva salió Pedro y el dicho discípulo, y encamináronse al sepulcro.
4. Corrían ambos a la par, mas este otro discípulo corrió más a prisa que Pedro, y llegó primero al sepulcro;
5. y habiéndose inclinado, vio los lienzos en el suelo, pero no entró.
6. Llegó tras él Simón Pedro, y entró en el sepulcro, y vio los lienzos en el suelo,
7. y el sudario o pañuelo que habían puesto sobre la cabeza de Jesús, no junto a los demás lienzos, sino separado y doblado en otro lugar.
8. Entonces el otro discípulo, que había llegado primero al sepulcro, entró también, y vio, y creyó.

Otra vez se hacía mención de los numerosos lienzos, los que daban idea del vendaje tradicional hebreo. Pero aquí podía encontrarse una mención a un pañuelo o sudario que cubría el rostro de Jesús. Esto agregaba un elemento novedoso, aunque insuficiente, para la idea que imaginaba el duque. Sin embargo, el evangelio según San Juan, en su capítulo 20, decía:

57. Siendo ya tarde, compareció un hombre rico, natural de Arimatea, llamado José, el cual era también discípulo de Jesús.
58. Éste se presentó a Pilato y le pidió el cuerpo de Jesús, el cual, Pilato, mandó que se le entregase.
59. José, pues, tomando el cuerpo de Jesús, envolvíolo en una sábana limpia.
60. Y lo colocó en un sepulcro suyo que había hecho abrir en una peña, y no había servido todavía; y arrimando una gran piedra, cerró la boca del sepulcro, y fuése.

El corazón de Geoffroy de Charny latió con fuerza: ahí estaba la mortaja, el sudario que cubrió completamente el cuerpo de Jesucristo antes de la resurrección. La lectura de San Marco, capítulo 25, lo sumió en una euforia contenida. Sus planes empezaban a tomar forma:

42. Al caer el sol (por ser aquel día la parasceve, o día de preparación, que precede al sábado)
43. fue José de Arimatea, persona ilustre y senador, el cual esperaba también el reino de Dios, y entró denodadamente a Pilato, y pidió el cuerpo de Jesús.
44. Pilato, admirándose de que tan pronto hubiese muer-

to, hizo llamar al centurión, y le preguntó si efectivamente era muerto.

45. Y habiéndole asegurado que sí el centurión, dio el cuerpo a José.

46. José comprando una sábana, bajó a Jesús de la cruz, y lo envolvió en la sábana, y lo puso en un sepulcro abierto en una peña, y arrimando una gran piedra, dejó así con ella cerrada la entrada.

Otra vez la sábana. Su idea tomaba la forma que el duque había previsto. Y por si quedaba alguna duda, allí estaban las palabras de San Lucas que, en el capítulo 23, venían a confirmar la existencia de la mortaja.

50. Entonces se dejó ver un senador llamado José, varón virtuoso y justo, oriundo de Arimatea, ciudad de Judea,

51. el cual no había consentido en el designio de los otros ni en lo que habían ejecutado; antes bien era de aquellos que esperaban también el reino de Dios.

52. Éste, pues, se presentó a Pilato, y le pidió el cuerpo de Jesús.

53. Y habiéndolo descolgado de la cruz, lo envolvió en una sábana, y lo colocó en un sepulcro abierto en peña viva, en donde ninguno hasta entonces había sido sepultado.

54. Era aquel el día que llamaban parasceve, o preparación, e iba ya a entrar el sábado.

Geoffroy de Charny cerró la Biblia y, complacido consigo mismo, se dijo que el camino a la reaparición del Santo

Sudario empezaba a quedar allanado. Todavía se presentaban varias dificultades, lo sabía. Pero las cosas comenzaban a acomodarse a su plan. Ya podía imaginar su iglesia en Lirey y las procesiones llegadas desde todo el mundo para ver la Sindone Sagrada.

12

Christine nunca había podido reponerse del brutal despojo al que la había sometido su propio padre. Pero era una mujer fuerte y aprendió a templar su espíritu. Aquel, el capítulo más negro de su breve biografía, no había dejado huellas en su cuerpo —era tan hermosa como siempre— aunque sí forjó su alma a sangre y fuego. En las personas moralmente débiles, el dolor causa un resentimiento que tiende a igualarse con la crueldad del victimario. El espíritu de venganza comienza a imponerse por sobre cualquier otro sentimiento y el afán de justicia se deja avasallar por la sed de revancha. En Christine, en cambio, el daño sufrido le enseñó a comprender el dolor de sus semejantes; la ofensa y el despojo fueron tan grandes que, en la misma proporción, creció su entereza y su sentido de justicia se extendió a todos los órdenes de su existencia. No la guiaba un espíritu de piedad cristiana —jamás ofrecería la otra mejilla al enemigo—, sino un criterio de ecuanimidad terrenal y desinteresado: no actuaba para congraciarse con Dios y de ese modo ganar el Cielo, sino por íntima convicción. Sencillamente, quería evitar que otros sufrieran como ella había sufrido. De hecho, nunca había perdonado a su padre ni estaba dispuesta a hacerlo. Defendía sus ideas, aunque eso pudiese ocasionarle trastornos. No compartía la misericordia irracional de sus hermanas. Consideraba una ofensa a la dignidad el perdón indiscriminado. Muchas de sus compañeras de enclaustro estaban allí porque habían sido vulneradas en su integridad y cruelmente violadas. Debían entonces entregarse a los brazos de Dios, ya que ningún hombre estaba dispuesto a tomarlas por esposas: la violación se consideraba una mancha en el cuerpo de la mujer y ellas eran las culpables de incitar al hombre por el solo hecho de cargar con su feminidad. La madre Michelle solía convencer a sus hijas de convento de que el perdón y la misericordia debían extenderse, incluso, a quienes las habían humillado y despojado de la honra. Christine no disimulaba su indignación, llegando a elevar la voz y osar discutir con la madre superiora, aun a sabiendas de que sería castigada. Desde luego, estos argumentos constituían una defensa de la propia abadesa ante los solapados abusos sexuales a los que ella misma solía someterlas.

Pero Christine, antes de poder ingresar en el convento, tuvo que atravesar otro calvario. Por si hubiese sido poco aquel brutal episodio, no sólo fue desheredada por su padre, sino que, además, fue expulsada de su propia casa y desterrada de la familia. Esta emancipación forzosa era el más cruel de los destinos que podía tocarle a una mujer. Mientras Aurelio se debatía en sus dilemas teológicos y morales al refugio del monasterio, sabiendo que podía disponer cuando quisiera del castillo que le había tocado en herencia en Velayo, Christine, literalmente, no tenía dónde caer muerta. Las mujeres sin familia que sufrían la desgracia de quedar solteras o enviudar sin fortuna, es decir, si ningún hombre se compadecía para tomarlas bajo su cuidado según los principios maritales de la *caritas*, por lo general estaban condenadas a la más feroz indigencia. Si tenían la suerte de vivir en el campo, podían sobrevivir pobremente haciendo trabajos rurales mal pagos y al margen del control de los gremios. Pero lo que en los campos era digna pobreza, en las ciudades se transformaba en sórdida miseria. En las urbes, las mujeres solas, en la mayoría de los casos, se veían empujadas a la ratería, la mendicidad o a la prostitución callejera. Christine era, pese a todas las vicisitudes, una mujer de una belleza infrecuente. Deambulando sola, hambrienta y derrotada por los suburbios de Troyes, fue presa fácil de los proxenetas que regenteaban el rentable negocio de la prostitución. Casi contra su voluntad y arrastrada por la desesperación, fue recogida de la calle por monsieur Derrieux, un oscuro rufián de los varios que se disputaban el negocio de la explotación de mujeres. En su acogedora *maison du plaisir*, le dio aseo, cama y comida. Por el solo hecho de haber aceptado el asilo de su anfitrión, Christine contrajo su primera deuda que debía saldar, desde luego, con su cuerpo. Sumando humillación tras humillación, después de haberse entregado por amor y de haber recibido a cambio el abandono del hombre que amaba, después de haber sido obligada a deshacerse del hijo que llevaba en las entrañas, luego de que su familia le diera la espalda y la expulsara de su seno, luego de haber pasado hambre, frío y privación, era ella quien debía pagar. Cada vez que un hombre jadeante, sudoroso y maloliente descargaba su lascivia dentro de su cuerpo tantas veces ultrajado, recibía un porcentaje de la paga tan exiguo que apenas alcanzaba para pagar una mínima parte de la deuda que cada vez se acrecentaba más. Se endeudaba por recibir comida, ropa y hospedaje a un interés tan alto, que ni en toda su vida iba a poder saldar semejante suma. Por otra parte, aquel hospitalario burdel que le dio refugio, con el tiempo se convirtió en una verdadera prisión: no tenía permitido salir para que no tuviese oportunidad de huir sin pagar su deuda.

Fue la Iglesia la que la liberó de aquella sórdida existencia. Por entonces, se había fundado en Francia la orden de María Magdalena; esta orden religiosa tenía un propósito fundamental: el de darles a las prostitutas la posibilidad de redimirse y, mediante la penitencia, alcanzar el perdón de Dios. Desde que en 1197 el papa Inocencio III llamó a los feligreses a que tomaran por esposa a una prostituta y, de esa forma, se salvaran dos almas, proliferaron por toda Europa órdenes y fundaciones como el hospicio de Halle o la Casa de las Almas, en Viena, que se lanzaron a la salvación de las pecadoras. Pero, en rigor, eran pocas la mujeres que podían ser liberadas de los lupanares: la mayor parte de las prostitutas o no estaba en condiciones de ajustarse a otra vida —casi todas eran analfabetas y no tenían ningún otro oficio—, o bien se resistía a cambiar un cautiverio por otro. Christine era una muchacha sumamente culta y, por añadidura, conocía los evangelios de memoria. Y cuando la superiora descubrió que, además, era joven y hermosa consiguió, a través de la orden de María Magdalena, una vacante para ella en el noviciado. Muy breve fue su pasaje por el burdel: apenas seis meses que a ella se le antojaron seis años y habrían de marcar a fuego su espíritu por el resto de su vida.

Christine abrazó la vida religiosa con el mismo desinterés que había signado su paso por el prostíbulo. Y, ciertamente, muchas de sus hermanas, al igual que ella, habían pasado por alguno de los tantos burdeles galos antes de ingresar al convento. Christine comprobó de inmediato que el convento no se diferenciaba en mucho de la mancebía: tanto uno como otra estaban regidos por una figura semejante que se designaba con el mismo nombre: *abbesse*, abadesa. Incluso, en la mayor parte de los casos, era mucho más estricta la disciplina en los prostíbulos que en los conventos, tal como ella había podido acreditar. Con mano férrea, había que cuidar que las virtuosas no huyeran de sus claustros para pecar, como que las impuras escaparan de los antros para dejar de pecar. Ambas eran vidas de intramuros y se les prohibían las salidas. Con igual celo, putas y beatas debían cuidar los ropajes: era tan importante para las primeras emperifollarse con joyas, usar escotes que dejaran ver la carne y apretar sus formas con ajustados ceñidores, como para las segundas mostrarse hermosas a los ojos Dios cubriendo sus curvas con holgados hábitos y sus cabezas con inmaculadas cogullas. Las putas no podían retirarse de los lupanares a causa de las deudas y promesas de lealtad que contraían, y lo mismo sucedía con las religiosas. Unas se entregaban a terribles orgías y oscuras ceremonias libertinas, mientras que las putas, en contadas ocasiones, también debían hacerlo. Pero con el tiempo Christine se resignó a la vida en el convento. Sin embargo y pese a todo el sufrimiento, jamás pudo olvidar a Aurelio.

13

Geoffroy de Charny quería ser dueño de la reliquia más preciada de la cristiandad. Ningún otro objeto podría competir con la mortaja en la que José de Arimatea había envuelto el cuerpo de Jesús antes de la resurrección. El sudario debía resultar tan magnánimo como el milagro que había tenido lugar a su cobijo y dejar su testimonio para la posteridad. Pero el duque no ignoraba que ya existía en España, en una iglesia de Oviedo, un sudario que, supuestamente, conservaba la sangre y la figura impresa del Divino Rostro. De modo que su sábana tenía que ser no ya la más extraordinaria, sino la única, la auténtica; debería suscitar una convicción tal, que las otras parecieran toscas falsificaciones y cayeran en el olvido. Sin embargo, el sudario de Oviedo iba a resultar una competencia difícil: los testimonios de quienes habían podido verlo eran apabullantes; las huellas sobre la tela eran tan reales y crudas que evidenciaban en toda su dimensión la crueldad incomparable del martirio. Geoffroy de Charny tenía que verlo con sus propios ojos para hacerse una idea y así poder superar en elocuencia al sudario que se conservaba en la catedral de Oviedo. De modo que, sin informar a nadie de sus verdaderos propósitos, el duque partió en viaje a España.

Oviedo, España, 1347

Geoffroy de Charny llegó a Asturias una tarde calurosa cerca del ocaso. Elevó su mirada hacia el norte y, entre la hendidura de dos colinas, pudo ver el mar Cantábrico, gris y bravío en comparación con el Mediterráneo. A medida que se iba acercando a la ciudad, a la vera del camino veía con grata sorpresa la profusión de tabernas sucediéndose una tras otra. Parecían competir entre sí en luces, aromas y parroquianos que se apiñaban en largas mesas, en el alféizar de las ventanas y hasta bebiendo sentados en el piso. Abrazados unos con otros, cantaban melodías célticas y trasegaban vino y bebidas olientes a manzana en unos copones que parecían inabarcables. Una alegría desconocida invadió el espíritu del duque. Exhausto luego del largo viaje, entró en una taberna al azar. Comió, bebió y de pronto se sorprendió cantando a voz en cuello canciones cuyo sentido ignoraba, saliendo de una tasca y luego entrando en la siguiente hasta que, borracho como una cuba, casi olvidó el motivo que lo había llevado hasta la península. Sin embargo, cuando descubrió en una de las mesas a un religioso, que también parecía haber perdido las formas y empuñando una copa cantaba como uno más, recordó su propósito. Animado por el alcohol, se acercó al prelado y, con la locuacidad de los borrachos, se presentó ante él. Hablaron de nimiedades con la pasión y la vehemencia de la ebriedad. Con admiración, el duque supo que su interlocutor, ese hombre de aspecto común que se comportaba con la misma naturalidad de los campesinos, era el padre Antonio de Escobedo, máxima autoridad eclesiástica, obispo a cuyo cargo estaba la Santa Iglesia Catedral de Oviedo. Geoffroy de Charny atribuyó a la voluntad de Dios semejante coincidencia. Poco a poco, el duque fue dirigiendo la conversación hacia el sudario. Entonces pudo comprobar que el nuncio estaba convencido de la autenticidad de la reliquia que atesoraba en su iglesia. El noble francés le hizo saber de su curiosidad, disfrazándola de devoción. El padre Antonio de Escobedo lamentó que el pañuelo no habría de estar en exhibición hasta el año siguiente. Fue tal el impacto que produjeron estas palabras en el duque, que la borrachera se le esfumó de repente. Dueño de una súbita lucidez y viendo ahora el estado calamitoso del cura, se dijo que quizá podía sacar partido. Fingiendo una conmoción aun mayor que la que realmente lo invadía, el duque le dijo al padre Antonio que el único motivo que lo había llevado hasta Oviedo era poder venerar la reliquia, que era aquel su mayor anhelo. Lo invitó con otra copa y le hizo saber que, pese a que no había venido en viaje oficial y no traía acreditaciones, varias veces había sido emisario de la Corona de Francia. Con su acostumbrada grandilocuencia e histrionismo se puso de pie y, exhibiendo su renguera, le relató, convencido de su propia mentira, cómo por poco pierde su pierna derecha combatiendo por la causa de Cristo. Y, por si los argumentos resultaran escasos, le confesó su propósito de construir en su tierra una iglesia en homenaje a la Virgen. Conmovido ante semejante despliegue de fervor y sensibilizado por efecto del vino, Antonio de Escobedo bendijo al visitante y le rogó que lo siguiera.

Era la medianoche cuando llegaron a las puertas de la Catedral de Oviedo. Los pasos de los dos hombres retumbaban en la fría oscuridad del recinto, apenas iluminado por unos pocos cirios. El cura caminaba sin necesidad de mirar; conocía cada rincón de la iglesia que había recorrido la mayor parte de los días de toda su vida. Geoffroy de Charny, en cambio, andaba a tientas, tropezando con cuanto obstáculo se ponía en su camino. Una inquietud imprecisa, atizada por la lóbrega penumbra hecha de sombras alargadas y trémulas, se había apoderado del duque. Llegaron a las puertas de un recinto que el padre Antonio llamó "Cámara Santa". El nuncio, que aún mostraba evidentes signos de borrachera, intentaba con poco éxito meter la llave dentro de la cerradura. Cuando finalmente lo consiguió, la puerta rechinó y un viento helado sopló desde el interior. La Cámara Santa tenía dos plantas: la superior, a la cual se accedía por una escalera circular, se la conocía con el nombre de Cripta de Santa Leocadia. Geoffroy de Charny caminaba detrás del religioso; atravesaron la planta inferior, llamada Cámara del Tesoro o Cámara Santa y allí el duque pudo ver dos de las joyas sagradas más preciadas: la Cruz de la Victoria y la Cruz de los Ángeles. El padre Antonio adoptó de pronto un gesto de recogimiento, se persignó y sin decir palabra señaló hacia un arcón que presidía el recinto. El duque quedó deslumbrado al ver resplandecer en la oscuridad, como si brillase con luz propia, un cofre de maderas preciosas recubierto de plata. Era el Arca Santa. Si al ver solamente el arcón el duque perdió el aliento, cuando el cura abrió el grueso candado que cerraba la tapa, creyó que se le detendría el corazón: allí, en su interior, estaba el mítico Sudario de Oviedo.

14

El padre Antonio de Escobedo iluminó el interior del arcón y entonces Geoffroy de Charny pudo ver, por fin, el sudario: era una tela rectangular de aproximadamente un brazo de largo por medio de ancho. Surcado por añosas arrugas y marcas que había dejado el tiempo, podía advertirse un desgarro en la parte superior derecha, producto de repetidos plegados. Se evidenciaba también un orificio provocado probablemente por la cera derretida de una vela y otras tres diminutas perforaciones de antiguos clavos que, quizás, aseguraran la tela a un marco o a un bastidor. Pero lo que había dejado sin habla al duque eran las manchas de sangre que presentaba el pañuelo; eran máculas semejantes a un gran coágulo que guardaban una imperfecta simetría en cada mitad del sudario. La forma de estas marcas color borravino se ajustaba a los de un semblante, pudiéndose notar inciertamente la frente, la nariz y la boca. La tela estaba confeccionada en lino y se advertían hilos enlazados por nudos transversales, de una textura semejante al tafetán. Pese a que el rostro impreso con sangre era muy confuso, Geoffroy de Charny descubrió unas extrañas marcas redondas en la parte superior, en las que creyó ver algo semejante a los estigmas que dejaría una corona de espinas. Mientras el duque francés contemplaba extasiado el sudario, el obispo, con una voz tenue, le contó la historia del pañuelo; le dijo que aquella era, sin lugar a dudas, la tela que cubrió el rostro de Jesús de Nazaret, luego de ser desenclavado y descendido del monte Gólgota, el mismo paño que se mencionaba en los evangelios y confirmaba Nonnos de Panópolis en el siglo V: "Siguiendo detrás llegó Simón e inmediatamente entró. Vio los lienzos juntos en el suelo vacío, y la tela que envolvía la cabeza con un nudo en la parte de atrás de la cabellera. No estaba con los lienzos funerarios, sino que estaba ampliamente enrollado en sí mismo, torcido en un lugar aparte", recitó el cura. Cuando el rey de los persas, Cosroes II, invadió Palestina y entró en Jerusalén en el año 614, los cristianos escaparon llevándose consigo las reliquias en un cofre. El padre Antonio, sosteniendo el cirio por sobre su cabeza, continuó relatando de qué modo aquella arca que ahora estaba frente a sus ojos había sido embarcada y, circunnavegando las costas del norte africano, tocando luego Alejandría, llegó por fin a España a través de Cartagena en el año 616. Contaba la tradición que más tarde la tela fue llevada a Sevilla, donde la resguardó San Isidoro y que, a su muerte en el año 636, fue trasladada a Toledo. Hacia 695, cuando la invasión de los moros, el sudario viajó con los cristianos españoles rumbo al norte, yendo desde la Vía de la Plata, pasando por Badia, Quirós y luego Morcín. A media voz, mientras el duque examinaba la reliquia, el cura le explicó que el arcón que ahora descansaba en esa cripta estuvo largos años enterrado en los montes asturianos del Monsacro, hasta que, finalmente, llegó a la ciudad de Oviedo en el siglo VIII. Alfonso II hizo erigir la Cámara Santa para cobijarla allí. Fue Alfonso VI quien, subyugado por la reliquia, mandó que se hicieran las cubiertas y ornamentos de plata sobre las maderas del arcón. Desde entonces el Sudario de Cristo había sido custodiado en la catedral de Oviedo.

Mientras el nuncio hablaba, una idea cruzó la mente de Geoffroy de Charny, una ocurrencia fugaz que, sin embargo, empezó a abrirse paso en su voluntad; un pensamiento atroz del cual no podía desembarazarse y que hizo que se llevara, sin advertirlo, la mano hasta el mango de la daga que llevaba en la cintura. Tenía frente a sí la reliquia más valiosa de la cristiandad, protegida —o, para decirlo con propiedad, desprotegida— por un cura anciano, borracho e indefenso. Y ahora estaba allí, al alcance de su mano.

15

El obispo muerto, degollado en el recinto de la Cámara Santa y sus brazos yertos abrazando el arca sagrada vacía, saqueada: tal era el cuadro que podía imaginar Geoffroy de Charny, mientras acariciaba el mango del cuchillo que llevaba oculto debajo de las ropas. Sin embargo, el padre Antonio gozaba aún de buena salud y dormitaba sentado sobre un escalón de la cripta de Santa Leocadia. Nada podía impedir al duque tomar el santo pañolón, guardarlo tranquilamente, cortar la garganta del cura para asegurarse su silencio y llevarse a Troyes o a Lirey su flamante trofeo. No habría testigos y por esas horas la ciudad ya estaba desierta. Si no hubiese sido porque tenía un plan superior, Geoffroy de Charny habría matado a su anfitrión sin que lo asaltara el menor escrúpulo. Y en efecto, tenía mejores propósitos. Robarse el sudario no le acarrearía más que problemas y, ciertamente, su intención no era tener una reliquia escondida en un sótano de su castillo, ni un botín que desatara una guerra. Por otra parte, examinando la pieza con frialdad, se dijo que tal vez no fuese tan elocuente como parecía a primera vista. Sin duda él estaba dispuesto a ver en esa tela un objeto milagroso, pero si la observara con ajena objetividad alguien que no supiera de qué se trataba, no hubiese visto más que un paño manchado. De no haber sabido el relato, jamás hubiese visto en esas máculas negruzcas un rostro humano y menos aún el de Cristo. Él tenía en mente la reliquia perfecta, una que no dejara ninguna duda, cuyo sentido y mensaje fuese evidente por sí mismo para cualquiera que la viera y, a la vez, que pudiera expresar en su propio misterio, el enigma de la resurrección. El pañuelo de Oviedo, se dijo el duque, no presentaba vestigio de milagro alguno; la impresión de aquellas vagas facciones era producto del contacto del género con la sangre, auténtica o imitada con pigmentos, y no de un inexplicable fulgor, tal como le habían referido. El noble francés había pasado del asombro a la desconfianza y de la suspicacia al más cerrado escepticismo antes de que se consumiera el cirio que alumbraba la cripta. Se sintió estafado, engañado en su confianza, como si él mismo fuese un inocente peregrino y no un falsario que estaba recabando información para llevar a cabo el mayor de los fraudes. Pensó que la historia que acababa de contarle el religioso español tampoco le otorgaba al sudario un sustento demasiado sólido. Una vez más, llegó a la conclusión de que el relato debía estar a la altura del objeto; de nada valdría el esmero y el oficio del artista, de nada serviría la verosimilitud y el poder de convicción de la reliquia, si no estaba acompañada por una fábula que la respaldara. Justamente por esa razón no quería dejar nada librado al azar; y ahora que había visto el famoso sudario de Oviedo, podía advertir algunas complicaciones. Aquel recinto se le antojó como el más adecuado de los lugares para terminar de urdir la historia. Acompañado por los sonoros ronquidos del padre Antonio, se sentó al pie de la tarima que sostenía el Arca Santa y razonó: el sudario que él haría resurgir del olvido tenía que tener un fundamento histórico, es decir, debía ser el mismo que había comprado José de Arimatea tal como constaba en las escrituras. Luego, debía tener una continuidad a lo largo de la historia, o sea, aparecer mencionado en distintos relatos y por diversos personajes. En tercer lugar, era menester que ese sudario tuviese un carácter milagroso y diera testimonio de la imagen de Cristo. A diferencia del pañolón de Oviedo, que no presentaba huella de milagro alguno, la imagen de Edessa reunía todas las características que él buscaba. Pero había un problema: siendo el sudario una pieza deslumbrante sobre cuya superficie había quedado milagrosamente impresa la imagen de Jesús, tal como revelaba la mítica imagen de Edessa, ¿cómo era posible que ninguno de los discípulos de Cristo hubiese advertido este hecho asombroso? En los evangelios se consignaba que al ingresar Pedro, "corrió al sepulcro: y como miró dentro vio sólo los lienzos echados; y se fue maravillándose de lo que había sucedido", refiriéndose a la resurrección. Pero nada decía sobre el hecho notable de que sobre los lienzos estuviera la imagen del Mesías. Lo mismo presenciaron los otros discípulos, tal como queda testimoniado en la Biblia: "Con esta nueva salió Pedro y el dicho discípulo, y encamináronse al sepulcro", luego refiere el evangelio que "corrían ambos a la par, mas este otro discípulo corrió más a prisa que Pedro, y llegó primero al sepulcro". ¿Y qué fue lo que vio?: "habiéndose inclinado, vio los lienzos en el suelo, pero no entró".

Por si fuesen pocos testigos, decía el Nuevo Testamento, "llegó tras él Simón Pedro, y entró en el sepulcro, y vio los lienzos en el suelo y el sudario o pañuelo que habían puesto sobre la cabeza de Jesús, no junto a los demás lienzos, sino separado y doblado en otro lugar. Entonces el otro discípulo, que había llegado primero al sepulcro, entró también, y vio, y creyó". Estaba claro que no existía absolutamente ninguna referencia a la imagen impresa sobre el sudario y que, de haberse producido aquel milagro, no hubiese podido escapar a los ojos de los discípulos. Quizá, se dijo Geoffroy de Charny, podría disculparse a los seguidores en el hecho de que, anonadados por la resurrección y la ausencia del cuerpo de Cristo, no se dieran cuenta de que hubiese obrado el divino suceso. Sin embargo, tampoco este argumento parecía convincente, ya que si la sábana se había conservado, fue porque alguno de ellos tuvo que recogerla del suelo, plegarla, cargarla y salir con ella. ¿Cómo era posible que ni aun así se hubieran percatado de tamaño prodigio? Nada de todo esto habría de ser un obstáculo en el camino del duque. Algo habría de ocurrírsele. Cargado de desaliento pero con el impulso irrefrenable de su inquebrantable voluntad, Geoffroy de Charny abandonó la Cámara Santa sin despertar al obispo. Luego salió de la Catedral de Oviedo y se dispuso a encontrar un lugar para pasar la noche y volver a Troyes a la madrugada siguiente. Quería poner manos a la obra lo antes posible, sabiendo que el sudario de Oviedo no sería digno rival de aquel que se aprestaba a ejecutar.

16

Lirey, 1347

Geoffroy de Charny decidió retirarse a Lirey para disponer de los arreglos necesarios y ultimar los detalles para iniciar, de una vez, su cristiana obra. Lejos de toda mirada indiscreta, en la tranquila soledad de su casa de campo, podría trabajar sin que nadie lo molestara. En primer lugar, volvió a repasar cuentas. Considerando la reticencia de la autoridad eclesiástica, el duque estaba dispuesto a hacer el total de la inversión que demandara la construcción de la iglesia. Adelantándose a los acontecimientos, se debatía entre dos criterios: erigir una iglesia majestuosa que hiciera honor a la reliquia que habría de albergar o, al contrario, construir una capilla modesta que no eclipsara en esplendor al Santo Sudario. Pero se estaba precipitando demasiado. Era frecuente entre los nobles hacerse fama de benefactores, financiando la construcción de capillas, iglesias y hasta catedrales. Esto no solamente les aseguraba la posteridad en la memoria de los hombres y un lugar privilegiado en el Reino de los Cielos, sino que, en el mejor de los casos, representaba un suculento negocio. Una iglesia, de acuerdo con su locación, importancia, prestigio y oratoria de su párroco, cantidad de celebraciones de ceremonias, venta de indulgencias, recepción de limosnas, etcétera, tenía una considerable cantidad de ingresos. En algunos casos estos dividendos podían ser colosales; el usufructo de una catedral como la de Notre Dame de París no sólo resultaba más rentable que el mayor de los comercios tradicionales, sino que podía recaudar más dinero que el que percibía un Estado pequeño en concepto de impuestos. Si la iglesia en cuestión había sido financiada en todo o en parte por un particular, éste, además de tener la prerrogativa de elegir al párroco, tenía asegurada su participación en las ganancias de acuerdo con el volumen de la inversión original y las que pudiera hacer a posteriori. Había iglesias cuya concurrencia estaba determinada por la cantidad de habitantes de la ciudad o pueblo en los que estuviesen enclavadas; estaban aquellas cuyo atractivo era la grandiosidad o las obras de arte que las ornamentaban; las había con mayor importancia histórica y las que estaban presididas por un vicario de inflamada retórica que atraía multitud de fieles. También estaban las que guardaban los vestigios de la consumación de un milagro, o las que se consagraban a la devoción del santo patrón o a la adoración del icono de tal o cual Virgen; las que conservaban los restos mortuorios de algún santo y las que atesoraban reliquias. Y luego, todas las combinaciones posibles. La idea de Geoffroy de Charny era que su iglesia reuniera la mayor parte de las virtudes enumeradas. Su emplazamiento en Lirey era estratégico ya que sería la única en el pueblo. Si bien la población era poco significativa, podía convertirse en un centro de atracción para la gente de las populosas ciudades vecinas. Por otra parte, imaginaba una construcción austera pero adornada con pinturas y obras de arte alusivas a la resurrección que pudieran hacer ver tanto a los ilustrados como a los analfabetos, cómo había sido aquel momento crucial. Ya tenía en mente quién habría de ser el párroco: debía ser un hombre generoso y lúcido, dueño de un pasado respetable, una oratoria convincente y un carácter piadoso aunque decidido. ¿Quién era ese hombre? Él mismo, desde luego. Nadie mejor que él podría cuidar su propio negocio. Que tuviese esposa e hijos no representaba mayor impedimento, ya que hasta el propio Papa Inocencio los había tenido. El Santo Sudario que estaba próximo a advenir habría de conferirle a la iglesia del duque los más preciados atractivos: el del milagro, obrado en la imagen de Cristo; los restos mortuorios, conservados en las huellas de la propia sangre de Jesús. Sin lugar a dudas sería la reliquia más valiosa de todas las existentes. Geoffroy de Charny no veía motivo para que algún detalle pudiera escapar de sus planes. Ahora sólo faltaba encontrar al artista más idóneo y confiable.

17

Christine aprovechaba el acceso a la biblioteca que le había otorgado la madre superiora para leer durante sus ratos libres. Leía con avidez la *Metafísica* de Aristóteles y la vida de las santas, las *Confesiones* de San Agustín y el Antiguo Testamento y cuanto volumen llamara su atención. La lectura provocaba en ella una vía de fuga de su existencia en el convento, pero no en un sentido metafórico sino bien concreto: cuando leía recobraba sus anhelos que, ciertamente, iban más allá de los muros del beaterio. La lectura era para ella no el modo de resignarse a su suerte, sino la forma de recuperar las esperanzas. Las páginas de Aristóteles, fundamentalmente, la contagiaban de aquel espíritu de indagación y de un sentimiento de liberación en virtud del pensamiento. Leía para intentar explicar su trágico destino y así adueñarse de él. Estudiaba las Escrituras, no con el afán de sostener los dogmas, sino de interrogarlos. Las cartas que escribía a Aurelio, de pronto se convirtieron en el vehículo de sus propias cavilaciones, en la excusa para reflexionar sobre sus lecturas. Así, descubrió que su pasión por el estudio quizá fuera, también, el modo de recuperar al hombre que todavía y, pese a todo, amaba. Rápidamente comprendió que la forma de reconquistarlo no era alejándolo de la doctrina de Jesús por medio de la tentación de los sentidos. Al contrario, en sus cartas Aurelio revelaba que la resistencia al pecado lo afirmaba cada vez con más raigambre en sus convicciones agustinianas. Christine sabía que su cuerpo, que aún ardía y se rebelaba a la clausura oculto bajo el hábito, ejercía sobre él un efecto paradójico: cuanto más fuerte era la atracción carnal, tanto mayor era el rechazo intelectual que en él se despertaba. Los preceptos acababan imponiéndose sobre los instintos y las pasiones voluptuosas. Entonces Christine decidió emprender una tarea que, a su pesar, iba a superar con creces su íntimo propósito. Si el breve romance con Aurelio se deshizo estrellándose contra el muro indestructible del dogma y de la fe, entonces, se dijo, estaba dispuesta a construir un nuevo dogma de la fe y el amor. Si a cada nueva acción de Christine se alzaba una reacción defensiva por parte de Aurelio, no tenía sentido embestir con el duro ariete de la herejía, sino abrir su corazón con la llave sutil de la palabra inspirada en las mismas Escrituras. En adelante, su arma fundamental ya no sólo sería su cuerpo como en aquel lejano encuentro bajo el abeto, sino el propio Evangelio con el que Aurelio solía defenderse. Durante las noches, ganándole tiempo al sueño, iluminada por la luz clandestina de un pequeño candil, Christine comenzó a escribir la que habría de convertirse en la primera doctrina sensualista cristiana de la que haya quedado constancia, pese a todos los intentos ulteriores por hacerla desaparecer. Así, al mismo tiempo que sus hermanas dormían con el sueño de los justos, Christine escribía sin pausa, procurando la manera de encontrar en la letra de Dios la clave para recuperar al hombre que amaba. Por muy paradójico que pudiera resultar, mientras sus compañeras de retiro encontraban el regocijo del cuerpo, se satisfacían en auténticas orgías y luego conciliaban el sueño en la convicción de estar en paz con Jesús, Christine era la única que mantenía la más rigurosa abstinencia y sin embargo, si la autoridad eclesiástica se hubiese enterado de su tarea nocturna, sin duda la hubiera condenado con el mayor de los rigores. Pero habría de llegar el día en el que la abstinencia de Christine iba a verse interrumpida, no por obra de Aurelio como hubiese querido, sino por la necesidad de que sus escritos no fuesen descubiertos por la abadesa.

Mientras redactaba una de las tantas cartas que solía escribir a Aurelio, Christine ignoraba que aquellas líneas irían a convertirse en el primer capítulo de un tratado que haría temblar los cimientos de la fe de varios hombres y mujeres. En estas primeras cartas, todavía se advertía un tono de hostilidad que pronto habría de morigerarse hasta convertirse en sutil persuasión. Sin saber que aquellas primeras palabras serían el prefacio de una obra colosal, Christine escribió:

Padre Aurelio:

Declamáis a los cuatro vientos el amor al prójimo. Me pregunto entonces, ¿por qué extraña razón estáis a favor de condenar a la humanidad a su extinción? Si despreciáis el deleite de la carne, también repudiáis la vida. Si, como sostenéis, la casti-

107

dad es el estado que espera Dios de los hombres, no hace falta que os explique que la vida sobre la Tierra se apagaría en poco tiempo. Si el sexo es algo sucio para los clérigos, también lo será para el común de los simples. ¿O acaso vuestra castidad os hace sentir superior al resto de los mortales? ¿Es que entonces, para que la humanidad no se extinga, dejáis el trabajo sucio para que lo hagan los demás? Predicáis que Jesús debe ser el ejemplo a seguir por los hombres y la Virgen María el de las mujeres. No os estaríais pronunciando por la castidad y la virginidad si vuestra venerada madre no se hubiese comportado como Eva. Que pequen los otros, que sean los demás quienes ardan en el fuego del infierno por la eternidad, mientras vos, en vuestra castidad, os aseguráis el Reino de los Cielos. Y habláis de generosidad. No perdonáis a los simples que unen sus cuerpos con alegre inocencia, a los hombres y mujeres por cuyas venas corre sangre caliente y alborozada que, al pecar, se pronuncian por el triunfo de la vida, mientras vos, en vuestra virtud, cabalgáis sobre la muerte; no los perdonáis a ellos pero sí a vuestros hermanos que se aprovechan de los niños indefensos y luego encuentran la dispensa en la flagelación. Ultrajes a la inocencia, llagas abiertas por el rigor del látigo, abstinencia frente al llamado de la naturaleza, holgazanería que justificáis bajo el nombre de contemplación ascética, ésos son algunos de los más elevados valores a los que habéis decidido entregaros.

Mientras escribía, Christine debía contenerse para no revelar la brutal vejación a la que había sido sometida por su propio padre y en la que, aunque lo ignorara, Aurelio estaba involucrado. En rigor, cuando mencionaba aquellos ultrajes a la inocencia, estaba hablando veladamente de sí misma. Para no dejarse vencer por el peso de los recuerdos, Christine siguió escribiendo:

Y en lo concerniente al matrimonio, sé que tampoco disculpáis a los laicos casados del horroroso pecado que cometen cada vez que unen sus cuerpos para procrear. Apenas les concedéis el beneficio de tolerar ese mal menor comparado con la fornicación, pero sólo de mala de gana y porque no os queda más remedio. Lo cierto es que no os cae en gracia siquiera el matrimonio, basta ver los bajorrelieves de la iglesia de la Madeleine, en Vézelay, que muestran al mismísimo demonio intentando unir en casamiento a San Benedicto con una mujer. Ahí están, también, los frisos del capitel de la iglesia de Civaux en los que puede verse representado al matrimonio como la consumación de la derrota ante la tentación de la carne; los cónyuges aparecen junto a una sirena, emblema de la lujuria, que precipita la caída del hombre de la barca del bien hacia el mar tumultuoso del pecado. Consideráis, igual que San Jerónimo y que San Bernardo, que el matrimonio está reservado a aquellos hombres débiles de espíritu que carecen de la fortaleza para soportar los embates de la tentación. Me diréis, acaso, que el matrimonio es un sacramento bendecido por la Iglesia. Podéis engañaros vos si así lo queréis, pero no pretendáis que yo también crea la farsa. El matrimonio ha sido sacralizado a la postre, sólo porque la autoridad eclesiástica no encontró otra salida ante la imposibilidad de abolir la voluntad natural que tiende a la unión de la carne con la carne. Sabéis bien que la autoridad, cuando no consigue impedir ciertos "males" ni siquiera con el uso de la fuerza, entonces decide declararlos sagrados. De esta manera, tomándolos para sí y adueñándose de ellos, puede legislarlos. Así lo demuestra la historia: viendo Roma que no podía poner vallas al torrente imparable de la cada vez más numerosa cristiandad, aun habiendo sido verdugo de Jesús, adoptó el Imperio la religión de aquel a quien repudió. Eso mismo sucedió con el sacramento del matrimonio: antes de que los hombres y las mujeres se unieran sin ley ni norma y, como en Sodoma y Gomorra, de forma caótica y promiscua, juntándose hombres con hombres y mujeres con mujeres, la autoridad resolvió ordenar las cosas, decretar indisoluble la unión, establecer un contrato frente a la ley de los hombres y un sacramento a los ojos de Dios. Las palabras de Dionisio, Obispo de Alejandría entre 247 y 264, confirma lo que os digo; en su condena a la secta de los cerintios, acusa a su fundador de proclamar "Que el reino de Cristo sería en la Tierra, y que las cosas que él deseaba eran su propiedad, ser esclavo del cuerpo y la sensualidad, llenando el Cielo con sueños; indulgencia ilimitada en la glotonería y la lujuria en banquetes, borracheras, matrimonios, festivales, sacrificios y la inmolación de víctimas". Ved en qué lugar y en compañía de cuáles otros males era puesto el matrimonio.

Os digo, entonces: ni aun bajo el matrimonio quedan absueltos los hombres del pecado de la unión de los cuerpos. ¿Por qué se dice que la Santísima Virgen concibió sin pecar? ¿Cuál habría sido el pecado de María si, como acredita la Biblia, ella estaba rectamente casada con José? Así lo señalan los Evangelios: "Y el nacimiento de Jesucristo fue así: que siendo María su madre desposada con José, antes que se juntasen, se halló haber concebido del Espíritu Santo" (San Mateo, 1, 18). "Y al sexto mes, el ángel Gabriel fue enviado de Dios a una ciudad de Galilea, llamada Nazaret, a una Virgen desposada con varón que se llamaba José, de la casa de David: y el nombre de la virgen era María" (San Lucas, 1, 26, 27).

Os lo pregunto nuevamente: ¿qué pecado podía cometer María si era la esposa legítima de José? Os doy la respuesta: no toleráis la unión de los cuerpos ni aun bajo el sagrado matrimonio.

Presa de la indignación, Christine escribía sin medir las consecuencias que habrían de producir sus palabras en el espíritu de Aurelio. Sumergida en sus cavilaciones, algunas de las cuales eran la conclusión de varios años de reflexiones y lecturas, de observaciones y estudios, Christine tampoco se había detenido a pensar qué ocurriría si esas notas fuesen descubiertas por la Madre Superiora. Por mucho menos que tales blasfemias muchas mujeres habían sido acusadas de brujería y enviadas a la hoguera, sin siquiera ser sometidas al beneficio de la Inquisición. Y de no haber sido por la enorme belleza de Christine, que había conseguido deslumbrar a la madre Michelle, su suerte en el convento hubiese sido otra. Su espíritu rebelde y esquivo, su indiferencia, pero, sobre todo, el modo en que la novicia rehuía las amorosas propuestas de la superiora, eran motivo suficiente para, llegado el momento, dejarla caer en desgracia. Pero el deseo de la abadesa por la joven monja era todavía más fuerte que el despecho. La carta de Christine estaba dirigida a Aurelio; sin embargo, aquel tono incisivo y por momentos iracundo parecía tener por destinatario no al hombre que amaba, sino al que despreciaba con toda la fuerza del corazón: su padre, Geoffroy de Charny. Su aversión por los asuntos dogmáticos estaban relacionados con la vieja discusión tácita que mantenía con su progenitor, antes aún de que la hiciera pasar por el más cruel de los calvarios; ella había sido testigo del modo en que su padre manejaba sus ne-

111

gocios con los clérigos. La religión llegó a ser para Christine sinónimo de política espuria, de corrupción y de conspiraciones. Es lo que había visto toda su vida en su casa. Nada parecía diferenciar la nobleza a la cual pertenecía Christine a su pesar, de la aristocracia clerical y, de hecho, existía una alianza no declarada entre ambas. Los abades disponían de riquezas ilimitadas y tenían multitud de súbditos. Eran los más advenedizos consejeros y los más hábiles políticos a la hora de urdir conjuras. Cuántas veces su padre había recurrido a la autoridad eclesiástica para que intercediera a su favor en diversos negocios a cambio de ciertas prerrogativas. Toda la animadversión que Christine destilaba en la carta parecía ser un largo reproche dirigido a su propio padre. Quizás el tono que debía emplear con Aurelio fuese el de la dulce persuasión, el de la comprensión y la amistad y no el del desplante. Después de todo, lo que ella quería era recuperar al hombre que amaba y no hacer que huyera como un ciervo asustado. Pero Christine, en su honestidad, no sabía forjar estrategias. Si lo que había escrito hasta entonces constituía una peligrosa herejía, lo que habría de seguir iba a ser un sacrilegio tal que podía llegar a valerle no ya el repudio de Aurelio, sino la muerte.

18

Lirey, 1347

Geoffroy de Charny aspiraba a ser el obispo de su propia iglesia. A fin de cuentas, reflexionaba, semejante inversión debería otorgarle al menos esa prerrogativa. Era, en última instancia, un negocio como cualquier otro y significaría una enorme desidia dejar la conducción en manos ajenas. Cómo no estar al frente de una empresa de tal magnitud, se preguntaba. Sin embargo, Henri de Poitiers no parecía dispuesto a facilitarle las cosas; no lo había hecho en el pasado y no había razones para suponer que podría cambiar su rígida posición. El obispo de Troyes no veía con buenos ojos el ordenamiento de laicos y, en última instancia, se ceñía a los cánones de Sárdica, que ordenaban al respecto: "Si un rico, o un abogado, o un funcionario oficial solicitara un obispado, no debe ordenársele a menos que hubiera desempeñado previamente el cargo de elector, diácono o sacerdote, de manera que se eleve a la más alta jerarquía, el episcopado, mediante el ascenso progresivo. Debe conferirse la ordenación sólo a aquellos cuya vida entera ha estado sometida a examen durante un período prolongado y cuya valía ha sido demostrada". Y no era este último el caso de Geoffroy de Charny. Cierto era que los cánones de Sárdica habían sido violados desde la misma fecha de su redacción, allá por los albores del cristianismo. Por regla general, los clérigos más encumbrados solían ser hombres vinculados a la política y a los negocios. Durante los encuentros que Geoffroy de Charny mantenía con Henri de Poitiers intentaba convencerlo de que su condición de laico no podía ser un obstáculo para sus clericales propósitos. El duque le enumeraba al obispo la lista de todos aquellos que habían sido ordenados sacerdotes sin provenir del seno de la Iglesia; sin sonrojarse se comparaba con San Jerónimo y con San Agustín, con Paulino de Nola y con el primer filósofo cristiano, Orígenes, todos ellos hombres laicos que habían llegado a ser presbíteros. El mismo San Ambrosio había sido bautizado, ascendido a todos los grados eclesiásticos y finalmente consagrado obispo de Milán en la misma cantidad de días que le llevó a Dios crear el mundo. Pero Henri de Poitiers se mostraba inflexible. De nada valía señalar los casos de Fabián y de Eusebio, de Filogonio de Antioquía o de Nectario de Constantinopla, sólo por mencionar a los más lejanos en el tiempo. Entonces Geoffroy de Charny adoptaba un tono casi intimidante y haciendo velada alusión a su supuesto pasado marcial y a sus presuntos vínculos con la más alta oficialidad militar, le recordaba al obispo de Troyes que Eusebio y San Martín de Tours habían sido impuestos por el rigor de las armas del ejército del Imperio. Henri de Poitiers reía con ganas y decía:

—Si tenéis pensado invadir mi iglesia con tropas no deberíais avisarme. Ahora mismo mandaré cavar una fosa a su alrededor.

Quizás el duque se sintiera un poco patético. Pero nada era obstáculo para continuar con su estrategia de persuasión. Viendo que no conseguía sacar al obispo de su porfía, Geoffroy de Charny apelaba al recurso que mejores resultados le había dado: el soborno. Con un tono intrigante iba tentando sutilmente para ver el grado de disposición que podía encontrar en su interlocutor. Como quien menciona una anécdota sin implicancia alguna, recordaba los casos de corrupción episcopal en el cónclave de Efeso descubiertos por Crisóstomo, obispo de Constantinopla en el año 401. Mirando al suelo, jugando nerviosamente con sus dedos, el duque citaba las palabras de los imputados a la hora de confesar: "Reconocemos haber pagado sobornos para que se nos ordenara como obispos y se nos eximiera del pago de impuestos".

—Qué escándalo —decía Geoffroy de Charny sin escandalizarse para ver la reacción de Henri de Poitiers— si al menos hubiesen ofrecido sobornos para fines más nobles como los que guían mis pasos…

—¿Acaso puede pagarse un soborno en nombre de un propósito elevado? —contestaba el obispo y antes de que el duque avanzara en terreno cenagoso, se apuraba a recordarle la posición de Constantino tendiente a evitar los negociados y la evasión impositiva de los ricos, prohibiendo a los representantes de las corporaciones y demás grupos privilegiados el acceso al sacerdocio.

Entonces Geoffroy de Charny daba por concluida la reunión poniéndose de pie y admitiendo para sí que había perdido otra batalla. Sin embargo, lo animaba la idea de la victoria final embanderado en su estandarte: el Santo Sudario de Cristo. Ésa sería su llave mágica para obtener su propia iglesia y nada habría de impedir que la presidiera de hecho y de derecho.

19

TROYES, 1347

Una noche entre las noches, la abadesa, ganada por una inquietud que le había quitado el sueño, recorría los pasillos del convento sin saber qué buscaba exactamente. Reinaba el más absoluto silencio entre las sombras, cuando, al pasar frente a la puerta del claustro de la hermana Christine de Charny, creyó percibir la tenue luz de una llama brillando entre el resquicio de dos maderas. Iba a llamar a la puerta pero detuvo el impulso de su mano en el aire llamada por la curiosidad. Se inclinó sosteniendo los brazos contra sus rodillas y acercó su ojo a la angosta hendidura por la que vio el fulgor. La madre Michelle pudo ver entonces el cuerpo desnudo de la novicia reclinado sobre el pequeño pupitre. Desde su perspectiva veía su perfil esbelto. Le resultó enigmático el hecho de que estuviese escribiendo tan reconcentrada a esa hora de la madrugada, pero sobre la curiosidad intelectual se impuso la voluptuosa avidez de espiar en silencio ese cuerpo que no conocía. El corazón de la abadesa se agitó al ver cómo aquellos pechos, generosos y firmes, se movían sutilmente mientras la novicia hundía la pluma en el tintero. No pudo, ni quiso, evitar que su mano se metiera debajo del hábito, hasta encontrar el resquicio vertical que reclamaba caricias. El dedo mayor de la madre Michelle iba y venía de una comisura a la otra que formaban aquellos labios mudos, al tiempo que observaba cómo los pezones de la joven monja rozaban el papel mientras buscaba en el aire la palabra justa que habría de escribir. Por momentos Christine se echaba contra el respaldo con cierta displicencia, mostrando, sin saberlo, la extensión de sus piernas largas y al mismo tiempo fornidas; entonces la abadesa tenía que ahogar los gemidos que pugnaban por romper el silencio monacal. Ahora, un dedo no le resultaba suficiente para calmar el ardor húmedo que penetraba hacia las entrañas, de modo que se acariciaba el interior, yendo y viniendo con el índice, el mayor y el anular. De pronto, la madre Michelle pudo ver cómo la joven monja se incorporaba apenas, estirándose para alcanzar un vaso con agua que estaba en el extremo del pupitre, dejando ver unas nalgas redondas, apretadas y tan duras como la volutas de madera de la silla sobre la cual estaba sentada. Entonces sí, la abadesa no pudo contenerse y, envuelta en un tul de sudor, golpeó la puerta con desesperación. Christine, como en un acto reflejo, cerró de súbito el cuaderno y buscó con la mirada un lugar dónde esconderlo; tan austera y despojada era su habitación, que no encontraba el más mínimo resquicio. Apretando el cuaderno contra su pecho desnudo, iba y venía con desesperación, sin saber que estaba siendo observada. Otros tres golpes volvieron a sobresaltarla.

—¿Quién es? —susurró Christine, simulando la voz de quien acaba de despertarse.

La abadesa se anunció con tono de urgencia, exigiendo que le abriera la puerta. Christine se echó rápidamente el hábito, ocultó el cuaderno bajo el camastro y entreabrió apenas la puerta. Entonces pudo ver a la madre Michelle de pie, con las mejillas inflamadas y la respiración agitada.

—Madre, ¿os encontráis bien? —dijo sinceramente preocupada.

—No podía dormir y al pasar y ver luz, pensé que tal vez también estuvieras desvelada y necesitaras un poco de compañía. ¿Quisieras invitarme a pasar? —dijo la Superiora ante la estupefacción de la novicia.

—Es que… —titubeó Christine— es que intentaba conciliar el sueño.

La abadesa no podía confesar que había estado espiándola, y que, lejos de lo que afirmaba, la vio atareada escribiendo. Entonces se limitó a decir:

—¿Acaso hay algo que yo no deba saber?

Christine no pudo evitar un gesto de contrariada resignación y, obligada por la suspicacia de la Superiora, abrió la puerta y la invitó a entrar. La joven monja se apuró a sentarse sobre el camastro para ocultar con su pie el borde del cuaderno que asomaba bajo la litera. La madre Michelle se sentó junto a ella. Recorría con su mirada el cuerpo cubierto a las apuradas por el hábito y se detuvo en los hermosos pezones que se marcaban tras la tela, esos mismos que acababa de ver a través del resquicio de la puerta. Christine adivinó de inmediato las intenciones de la Madre Superiora y pudo confirmarlas cuando esta posó una mano sobre su muslo. Un escalofrío de incierto rechazo corrió por la espalda de la novicia. Se separó un poco intentando no ser descortés. La Madre Michelle estaba demasiado enardecida para andarse con rodeos; parecía dispuesta a cualquier cosa por tener, de una vez por todas, el cuerpo joven y siempre esquivo de Christine. De manera que, en un movimiento rápido, se inclinó por debajo de la cama y, para horror de la joven religiosa, tomó el cuaderno que ésta acababa de esconder.

—Tal vez quieras compartir tus lecturas de la misma manera que yo comparto las mías —le dijo la superiora, aludiendo a los encuentros en la biblioteca, durante los cuales ella leía en voz alta los testimonios de las santas. Christine se dijo que si aquellos apuntes tomaban estado público podría costarle la vida; y esta vez no volvería a tener otra oportunidad como cuando fue exonerada por su familia. Debía actuar con rapidez. En el mismo momento que la abadesa abrió la tapa del cuaderno, la joven religiosa susurró:

—Durante mucho tiempo esperé este momento.

El rostro de la superiora se iluminó. Entonces Christine la tomó de la mano obligándola a que soltara el cuaderno. Se llevó un dedo de la madre Michelle a los labios, lo humedeció con su saliva y lo fue guiando lentamente a través de su cuello y luego por el pecho, hasta su propio pezón trazando un sendero húmedo, tórrido. Cerró los ojos como si así pretendiera no ser testigo de aquel cuadro que no sólo protagonizaba sino que propiciaba con el único propósito de impedir que la abadesa leyera sus cartas. Y así, dirigiendo el índice de la priora, Christine lo fue deslizando de un pezón hacia otro. Apretaba los párpados imaginando que era el dedo de Aurelio; esa idea le permitía continuar y, de ese modo, vencer la repulsión. La madre Michelle se deshacía en gemidos; por fin había conseguido lo que tanto deseaba desde el día en que vio a Christine por primera vez. La abadesa disfrutaba morbosamente de que fuese su subordinada quien tomara el mando de la situación, quedando por completo a su merced. De esta manera, al tomar la iniciativa, la novicia podía avanzar por donde ella decidiera y, al tiempo, poner límites a la inagotable lascivia de la superiora. Pero aún estaba sobre la falda de la madre Michelle el cuaderno que contenía los heréticos apuntes, hecho este que mantenía la inquietud de Christine; cuando la joven religiosa intentó tomar el cuaderno y alejarlo, la abadesa lo apretó entre sus muslos como si supiera que de ese objeto dependía la prolongación de la escena. Christine supo entonces que no iba a ser una tarea sencilla recuperar sus notas. Se puso de pie, se alejó unos pasos y se quitó el hábito exhibiendo su cuerpo desnudo frente a la madre Michelle. Luego giró la silla que estaba junto al pupitre y se sentó ofreciendo sus piernas abiertas, con la intención de que la superiora tuviese que acercarse hasta ella y, de ese modo, dejara el cuaderno. Pero la mayor de las religiosas, al ver el espectáculo que tenía frente a sus ojos, aferró el cuaderno entre los muslos con más fuerza y, con un suave movimiento ascendente y descendente de la cintura, comenzó a frotarse la entrepierna con el rígido y grueso lomo del volumen. Esto le permitía mantener las manos libres, de manera que con ellas se desabrochó la parte superior del hábito, dejando ver pechos que eran grandes, redondos y aún lozanos. Mientras miraba a Christine, la abadesa, recostada en el camastro, al mismo tiempo que se prodigaba placer con el cuaderno aferrado entre los muslos, se acariciaba los pezones acercándolos por momentos hasta su propia boca recorriéndolos con su propia lengua. Al contrario de lo que se había propuesto, Christine veía con desesperación cómo la superiora, lejos de dejar los heréticos escritos, poco menos los estaba incorporando. De alguna forma debía recuperarlos. Luego de deleitar a la madre Michelle mostrándole su joven humanidad desnuda, se incorporó, fue hasta ella, se arrodilló a sus pies y, con decisión, le levantó la falda del hábito. Pero cuando quiso ir más allá de las rodillas, la joven se topó con la resistencia de la priora que no parecía dispuesta a soltar su botín. Iba a ser aquel un arduo trabajo. Entonces Christine cambió la estrategia: evidentemente no se trataba de separar las piernas de la superiora con violencia, como quien fuerza una puerta, sino de encontrar la delicada llave que le permitiera abrir con suavidad. Así, la novicia tomó coraje, abrazó amorosamente a la monja y la besó en los labios. Cuando sintió que estaba a su merced, sin dejar de besarla, tomó sus senos y los acarició como sólo las mujeres saben hacerlo, dándole placer en los lugares que a ella le gustaba recibirlo. Christine, que estaba encima de la madre Michelle, súbitamente giró sobre su eje ventral, dejando de pronto su sexo en medio de la cara de la abadesa y quedando su propio rostro sobre la falda de la priora. Sólo entonces la superiora abrió las piernas dejando caer, por fin, el preciado cuaderno de notas. Pero ahora, sí, debía llegar hasta las últimas consecuencias. Era el precio que había aceptado pagar por sus apuntes. Christine nunca antes había tocado el sexo de una mujer aunque, dada su experiencia con su propio cuerpo, podía saber exactamente cómo tratarlo para darle el mayor goce. Y así lo hizo. Y no tuvo más remedio que permitir que lo mismo hiciera con ella la abadesa, cuya práctica para dar placer era proporcional a su edad y su sabiduría. Ahogadas en sus propios gemidos, las dos mujeres se entregaron por completo la una a la otra hasta que sobrevino, a un tiempo, el éxtasis y, luego, el grato cansancio de la tarea cumplida.

Satisfecha y ahora calmada, la madre Michelle se vistió y habiendo recuperado el sueño perdido, abrió la puerta del claustro y se marchó hacia sus aposentos. Christine se abrazó a su cuaderno y así durmió, en la esperanza de que al despertar no recordara nada de lo sucedido.

20

LIREY, 1347

Geoffroy de Charny no era original en su ambición por obtener objetos sacros del modo que fuese. De hecho, el culto por las reliquias se remontaba a la época de Ambrosio, obispo de Milán hacia el año 300. Si Roma conservaba los restos de Pedro y de Pablo, si Constantinopla tenía a Andrés, Lucas y Timoteo, si en Jerusalén habían hallado la cabeza de Juan el bautista, las cadenas que martirizaron a Pablo y hasta la cruz de Cristo, su ciudad no podía ser menos. Ambrosio guardaba hacia las reliquias un interés rayano en lo morboso. Así, durante su obispado proliferaron los hallazgos que, si no en la totalidad, en la mayor parte de los casos eran burdos fraudes: el obispo de Milán estaba fascinado con los clavos que atravesaron la carne de Jesús y, convertidos en joyas, los había exhibido Helena, la madre de Constantino, en su cetro. El culto fue tomando ribetes de superstición, al punto que Vigilancio denunció la adoración de reliquias como obra de los idólatras. La autoridad política veía con preocupación cómo crecían las profanaciones de las tumbas de los santos por parte de ciertos monjes que, sin miramientos, descuartizaban los cuerpos y vendían sus partes como si se tratara de reses. Las cosas llegaron a tal extremo que Teodosio se vio obligado a publicar una norma que decía: "No se podrán exhumar ni trasladar los cuerpos sepultados. No se permitirá vender, ni comprar, ni traficar en modo alguno las reliquias de los mártires". Y esto era, precisamente, lo que quería evitar Henri de Poitiers. Cada vez que Geoffroy de Charny sugería la posibilidad de aportar la mayor de las reliquias de la cristiandad para la Iglesia, el obispo de Troyes adoptaba la cautelosa actitud de Vigilancio y Teodosio contra el fanatismo fúnebre de Ambrosio. Pero tanto Geoffroy de Charny como el antiguo obispo de Milán en su momento, sabían que era mucho más fácil entrar en el corazón del vulgo por la superstición que por la fe, por medio de la magia que por la palabra de las Escrituras y por la credulidad antes que por la creencia. Los dioses paganos de la antigüedad, una vez depuestos, se transformaron en horrendos demonios que sobrecogían a las almas supersticiosas. Así, los restos de los santos resultaban un cuerpo protector frente a los diabólicos espíritus que venían de las tinieblas. Cuantas más reliquias atesorara una iglesia, tanto mayor era el número de feligreses que, cada día, se guardaban bajo su cobijo. Geoffroy de Charny le recordaba al obispo de Poitiers que se habían erigido catedrales sobre las tumbas de los santos, que la sola costilla de un mártir podía arrastrar multitudes. Pero el prelado ni siquiera se manifestaba interesado en saber cuál era la reliquia que decía poseer el duque. Y lo cierto era que, aun sin tener ni siquiera la falsificación, Geoffroy de Charny ya se creía dueño del auténtico sudario que había cubierto el cuerpo de Cristo. Viendo que todas las conversaciones con Henri de Poitiers no habían dado ningún resultado, el duque decidió llevar adelante su proyecto y, con la reliquia en su poder, obtener el permiso del mismísimo Papa si era necesario para construir su iglesia.

Antes de solicitar la opinión de un artista, instalado en su casa del pequeño pueblo de Lirey, el duque ideó cómo habría de ser el aspecto del sudario. En primera instancia debía tener carácter milagroso: igual que el mítico pañuelo de Edessa y que el que había visto recientemente en Oviedo, tenía que dar el testimonio de la figura impresa de Jesucristo. De hecho, desplazaría al olvido al insignificante sudario de Oviedo y, por otra parte, para que el suyo resultara verosímil, debía tener un sustento histórico. Tal como lo pergeñado, una vez presentada su reliquia en público, dejaría que la gente creyera que era aquel el famoso *mandylion* de Edessa, y que se había apoderado de él en forma heroica como el caballero templario que, en realidad, nunca fue. Pero se le presentaba una gran dificultad: de acuerdo con todos los testimonios, el dudoso manto de Edessa sólo representaba el rostro de Jesús. De esto no existían dudas; podía haber alguna suspicacia acerca de la existencia cierta del perdido sudario de Turquía, pero, aunque fuesen mitos, todos ellos hablaban de un pañuelo que había cubierto solamente el rostro de Cristo. Y Geoffroy de Charny no se conformaba con una pequeña pieza. Debía representar al Hijo de Dios de cuerpo completo. Entonces, de pronto, se iluminó: una idea que conciliaba ambas posibilidades se abrió paso entre la disyuntiva. Aquella imagen de Jesús impresa en una tela que, según las habladurías, fue vista por los días del sitio de la ciudad turca no sería un pañuelo, sino un extenso lienzo plegado de tal forma que sólo dejaba ver el rostro de Cristo. Con su pulso poco diestro, el duque tomó un papel alargado y, con un carboncillo, dibujó una figura humana. Lo plegó y desplegó varias veces, hasta que por fin consiguió que solamente quedara visible la cara. Para que eso sucediera había tenido que plegar el lienzo sobre sí en cuatro dobleces. Se dijo que era aquella una idea magistral. De esta forma el mítico *mandylion* de Edessa iba a ser una mortaja que había envuelto el cuerpo completo de Cristo. Existía en una iglesia de Avignon una pintura cuya visión había conmovido enormemente a Geoffroy de Charny; se trataba de un díptico que representaba en un panel a Jesús siendo bajado de la cruz y, en el otro, se veía cómo su cuerpo era envuelto en una sábana por José de Arimatea. Entonces cayó en la cuenta de que el sudario de la pintura era una tela tan extensa que envolvía el cuerpo por completo. Las espaldas de Jesús reposaban sobre la tela, luego ésta se plegaba en la cabeza y lo cubría por delante hasta los pies. Si el sudario de Cristo era en verdad tal como aparecía en el díptico, esto presentaba algunos problemas pero, ciertamente, igual cantidad de ventajas. En primer lugar, el lienzo debía ser al menos el doble de largo. Geoffroy de Charny volvió a dibujar torpemente la figura en un papel más extenso y pudo comprobar que ahora, para que sólo el rostro quedara visible, debía hacer ocho dobleces. Sería, se dijo, una tela demasiado voluminosa para que la creyeran durante tanto tiempo un pequeño pañuelo. Sin embargo, a los ojos del duque, esta alternativa presentaba una ventaja inestimable: ya no sólo habría quedado impreso el rostro de Jesús como en el pañolón de Oviedo, sino el cuerpo completo por delante y por detrás. Esta posibilidad era mucho más elocuente, por cuanto presentaba un virtual díptico del frente y las espaldas de Jesucristo, mostrándolo, por primera vez, íntegramente tal cual había sido. El corazón del duque latió con fuerza de sólo imaginarlo. Si hubiese tenido la habilidad suficiente, hubiera iniciado la obra con sus propias manos en ese mismo momento para que nadie más que él conociera el secreto. Pero iba a necesitar un artista y, ciertamente, uno con muchísimo oficio. Ahora bien, ¿de qué modo se había formado la figura de Cristo en la tela? De manera milagrosa, ciertamente. ¿Pero cómo habría de ser el aspecto de este milagro obrado sobre el paño? Debía ser algo subyugante y nunca visto. Desechó rápidamente la idea de que la imagen estuviese impresa con sangre u otra sustancia que presentara igual apariencia, por dos razones: en primer lugar, la sangre era un compuesto físico que podría enturbiar el carácter metafísico del milagro y, en segunda instancia, podía despertar la suspicacia de que fuese un remedo de la tela de la Catedral de Oviedo. Desplegó sobre el suelo el sudario que había comprado al tendero de la plaza y volvió a examinarlo con escrúpulo: era una falsificación tan burda que, se dijo, le serviría como modelo de lo que no debía hacer. Se notaba la mano del pintor a tal punto que podían percibirse las pinceladas. Las facciones de Cristo eran una copia exacta del rostro representado por primera vez en Bizancio y luego reproducido hasta el hartazgo en infinidad de pinturas, tallas y esculturas. Los colores eran demasiado brillantes y reales para tratarse de un hecho milagroso; no aparentaba ser en absoluto una impresión obrada por Dios, suponiendo que Dios se dedicara a un pasatiempo tan banal en comparación con sus altísimas ocupaciones. El duque se dijo que el sudario que él habría de hacer ejecutar no debería recordar una pintura, no tendría que ser visto como un hecho artístico, ni despertar ninguna inquietud estética y la técnica empleada sería inédita e incomparable. La obra tendría que ser de una naturaleza tal que produjera en el espectador el mismo arrobamiento que un milagro.

Para poner manos a la obra de inmediato, el duque debía conseguir una tela adecuada. No era este un asunto sencillo, ya que los antiguos lienzos de uso corriente en Palestina eran bien diferentes de los que se podían comprar en una tienda. Tampoco era un detalle menor, ya que Geoffroy de Charny sabía que su sábana "santa" iba a estar sujeta a la férrea mirada de sus críticos, empezando por Henri de Poitiers. Por otra parte, las telas del Cercano Oriente antiguo eran bien características y diferentes entre sí; de hecho, era tal la importancia de la producción textil que cada ciudad era homónima de las telas que la distinguían: de Gaza provenían los paños con los que se solía envolver a los muertos, los géneros de fustán eran de una aldea de El Cairo llamada Fustat, el tejido conocido como damasco tomó su nombre de la ciudad Siria, la *mussolina* o muselina había sido introducida en Europa desde la ciudad persa de Mosul, el *baldacco* era el nombre italianizado de Bagdad y de allí el baldaquino, ese pequeño dosel que adornaba los altares, el tafetán que era propio de Taftah y el tabis, bien conocido en Francia, provenía del suburbio de Attabiyya.

El duque, devoto de las reliquias, no ignoraba que los materiales y su manufactura delataban fácilmente una falsificación. Sin embargo, no era fácil conseguir una antigua tela virgen de Palestina.

VENECIA, 1347

Solamente para procurar un paño, Geoffroy de Charny emprendió un viaje a Venecia por dos motivos: el primero, para pasar inadvertido ya que en Troyes y en Lirey era una persona pública y no podía comprar una tela y luego presentarla como una reliquia frente a las narices del comerciante que se la vendió; el segundo, porque la ciudad de los canales, además de ser un centro comercial incomparable, estaba fuertemente influida por Bizancio y podían conseguirse paños de cualquier lugar de Oriente y Oriente Medio. En el mercado cercano a la plaza de San Marco compró a un comerciante sirio un lienzo de gasa; lo hizo con poca convicción ya que era demasiado fino para ser el que envolvió al hijo del carpintero. Luego consideró una tela de hilo incierto y rústico, cuya factura simple presentaba una apariencia realmente antigua y también la compró. Por último, arrumbado entre una multitud de paños y tapices coloridos, descubrió un lienzo de lino que se destacaba del resto por su blanca austeridad. Geoffroy de Charny se dijo que bien podía pasar esa por la sábana que había comprado José de Arimatea. Pero cuando la observó con mayor detenimiento, advirtió que la trama era de punto de espiga de tres cruces, un tejido diferente del sencillo entrecruzado plano que se usaba para hilar el lino en la época de Jesús. Si bien el punto de espiga era demasiado moderno para hacerlo pasar por una tela hecha en los viejos telares palestinos, cuya técnica era la elemental trama y urdimbre, el duque se dijo que eran tres excelentes paños y partió de regreso a Francia satisfecho con su mercadería.

Ahora le quedaba por decidir lo más importante: cuál sería la representación de Jesús. Asunto en apariencia sencillo, pero que presentaba más problemas de lo que pudiera suponerse.

21

TROYES, 1347

Pese al empeño que puso Christine en olvidar el episodio que había protagonizado con la madre Michelle, para
su desconsuelo, fue lo primero que recordó la mañana siguiente cuando despertó abrazada a su cuaderno. Desde
aquella noche nunca más pudo mirar a los ojos a la abadesa y evitaba a toda costa quedarse a solas con ella. Sus visitas a la biblioteca se hicieron cada vez menos frecuentes para sortear toda circunstancia que pudiera propiciar un
encuentro a solas. Se sentía profundamente humillada y, pese a que no era una niña y gozaba del entendimiento suficiente para proceder de acuerdo con su maduro criterio,
consideraba que había sido abusada por la superiora. No
porque ignorara que finalmente había sentido placer; al
contrario, lo sabía y era eso, justamente, lo que le provocaba una inmensa indignación, no sólo hacia la abadesa, sino
hacia su propia persona. La madre Michelle, aprovechando de su cargo, de la superioridad jerárquica y del ilimita-

do poder que tenía sobre sus hijas de clausura, no hacía más que corromperlas. Ése era el término que mejor se ajustaba al sentimiento de Christine: corrompida; porque además de vejada, humillada y sometida le había prodigado placer contra su voluntad. Era el mismo modo de proceder de los pederastas: el mayor delito de los corruptores de niños no era el vejamen, sino el de conseguir, a fuerza del sometimiento repetido, la domesticación de los sentidos hasta doblegar el espíritu. De forma que los niños terminaban teniendo la percepción de que actuaban por propia voluntad. Pero como Christine era adulta e inteligente, podía comprender que, por más que hubiese gozado, había sido un acto repulsivo. A partir de ese incidente su vida en el convento se había transformado en nuevo tormento. Cuidando cada vez más no volver a ser nuevamente sorprendida, había aprendido a escribir en la penumbra para que la luz del candil no la delatara. Por otra parte, encontró un escondite perfecto: la biblioteca. En su claustro no existía escondrijo posible, era demasiado pequeño y despojado. Entre los numerosísimos volúmenes que se agolpaban sobre los anaqueles de la biblioteca, su libro de notas pasaba completamente inadvertido aunque estuviese a la vista de todo el mundo. Y aun si pudiese existir la remotísima posibilidad de que por casualidad alguien lo tomara por error, nada indicaba a quién pertenecía la autoría de esos manuscritos. Cada noche, completamente a oscuras en la biblioteca, Christine escribía en forma de cartas a Aurelio sus impresiones sobre los más variados asuntos. Pero no podía evitar un tono de desilusión:

Padre Aurelio:

Con el paso de los días, cada vez me siento más prisionera dentro de este hábito que ciñe mi cuerpo pero más aún mi espíritu. Voy a hablaros con el corazón en la mano. Lo que voy a deciros me habrá de doler más a mí que a vos. Sabéis cuánto amé a Jesús durante mi infancia, siendo para mí su figura magnánima, generosa y humilde el ejemplo que en mi propio padre no podía encontrar. Sin embargo, no puedo ser ciega a un hecho evidente por más que la Santa Iglesia, desde su misma fundación, haya intentado ocultar. Un hecho que, por su misma gravedad, desmiente de una vez y para siempre el fundamento sobre el cual descansa toda la doctrina de Cristo y torna enigmático el porqué de su trascendencia en el tiempo. Antes de que arrojéis al fuego esta carta y me repudiéis para siempre, permitidme que os exponga mis argumentos.

Sin dudas, el triunfo del cristianismo sobre las religiones provenientes de Oriente, de Egipto, de Grecia y fusionados sus cultos y dioses en Roma, se debe a la nunca igualada figura de Jesucristo. Fue tal el impacto que su sublime persona produjo en sus contemporáneos, en sus discípulos y seguidores, que su mensaje trascendió mucho más allá de la brevedad de su paso por este mundo. Tan convincente fue su prédica, tan novedosa su doctrina como inolvidable su pasión, su padecimiento y su muerte. La gigantesca dimensión de Cristo como hombre ha eclipsado su principal profecía nunca cumplida, tal como habréis de ver si me otorgáis la oportunidad de que os lo demuestre. El basamento de la doctrina de Jesús era la inminencia del fin del Mundo. Jesucristo y su puñado de discípulos constituían una pequeña secta apocalíptica que predicaba urgida por la proximidad

134

de la conclusión de los tiempos. El día del juicio final era un hecho tan cercano que había que procurar con rapidez la redención para rendir cuentas ante el Supremo. Toda la prédica de Jesús está sustentada en esta premisa. Pero Jesús, además, se presentó como el Mesías. Fueron estas dos razones, sumadas, las que hicieron fracasar su predicamento ante el pueblo judío. El Mesías que esperaban los judíos no debía traer consigo la hecatombe, sino, al contrario, el Enviado de la Casa de David habría de restaurar el reino de Israel y devolverlo a sus días de esplendor; el Mesías no sería el que habría de anunciar el Apocalipsis, sino quien erigiría a Jerusalén en el corazón del Mundo. Por otra parte, para el Imperio romano, Jesús de Nazaret no significó más que un pequeño incidente sin la menor importancia. Luego de la pasión, crucifixión, muerte y resurrección de Cristo, los cristianos primitivos pasaron el resto de sus vidas esperando su inminente retorno y, en consecuencia, el Apocalipsis. Como resulta evidente, este hecho jamás sucedió. Era de esperarse que, ante la elocuente falta de consumación de tan fundamental premisa, el cristianismo habría de caer por el peso de su propio fracaso: así como los judíos pudieron confirmar su escepticismo viendo que el Mundo no se extinguía, era de esperarse que la decepción se apoderara incluso de sus seguidores. ¿Por qué razón, lejos de disolverse, la primitiva Iglesia apostólica creció en número de fieles y se afirmó dentro del Imperio hasta convertirse en la religión de Roma y se extendió a Siria y el Asia Menor? Si la principal condición del cristianismo no se concretaba, entonces había que hacer que los fieles olvidaran este carácter apocalíptico originario. Así se fue produciendo un sutil aunque sustancial cambio en la doctrina de Jesús. La vida en el más allá y el destino del alma no dependerían de la sen-

tencia surgida del Juicio Final de todos los hombres luego del fin del Mundo, sino inmediatamente después de la muerte de cada individuo. El regreso del Mesías no sería ya un hecho tan cercano como lo fue la resurrección respecto de su muerte. La vuelta de Cristo se vería postergada indefinidamente y ya no habría que esperar el Apocalipsis sino la expiración de cada mortal, cuando le llegara su hora, para rendir cuentas ante Dios. Pero es imposible soslayar que los principales valores de la doctrina de Jesús tenían sentido sólo a la luz de la inminencia del fin de los tiempos. El desdén por los bienes materiales, la alabanza de la pobreza, la aseveración acerca de que resultaría más fácil que un camello pasara por el ojo de una aguja que un rico por el Reino de los Cielos, se afirmaba en la fe en la eternidad frente al fin del Mundo. ¿Para qué podían servir las riquezas terrenales de cara al Apocalipsis? La fraternidad, el amor al prójimo e inclusive al enemigo, no era sino la necesidad del perdón final y la reconciliación eterna en ese más allá de gloria infinita. ¿Qué utilidad podía tener la ley del Talión, de la revancha, del ojo por ojo y diente por diente ante la proximidad del Juicio Final? Era ese hecho el que igualaba a todos los hombres. Por eso, también, era necesario el elogio del sufrimiento, el dolor y el martirio, y, en consecuencia, el repudio del placer, de la dicha y la prosperidad: había que pagar aquí, en la Tierra, para acceder a la eterna felicidad. Y también en la concepción apocalíptica de los cristianos primitivos está la simiente de la castidad y la virginidad, de la prohibición de la unión de la carne con la carne. Además del placer vedado para alcanzar la gloria eterna, ¿para qué traer hijos a un mundo en extinción? El reino de los Cielos estará abierto para los muertos una vez resucitados, del mismo modo que Jesús se había levantado del sepulcro. La vida luego de la resurrección estaría en otro lugar, no aquí en la Tierra, y sería para siempre; pero para que eso sucediera, antes debía sobrevenir el Apocalipsis. Ése y no otro era el sentido de la redención; el Mesías llegaría para redimirnos de todos nuestros pecados para llegar puros al Juicio Final. Esto explica el porqué de las privaciones que impone el cristianismo a diferencia de las religiones en las cuales el placer, la felicidad, la celebración de la fertilidad, de la vida y la prosperidad son parte de su esencia. Pero ya veis, a pesar de la profecía fundamental del cristianismo, aquí estamos, aún, sobre la faz de la Tierra, condenados a sufrir sin motivo, sin que esté a la vista el fin de los tiempos.

Aquel herético despliegue especulativo de Christine era, a fin de cuentas, una tortuosa declaración de amor; con ese novedoso punto de vista sobre el cristianismo como secta apocalíptica que había extendido sus principios de sufrimiento y castidad a pesar del incumplimiento de su premisa fundamental, Christine no pretendía sentar teoría sino alcanzar un propósito mucho más modesto: abrir los ojos, el corazón y el apetito carnal de Aurelio. Tal vez no fuese aquella la mejor forma de conseguirlo, pero hasta ese momento no tenía otra.

22

LIREY, 1347

Geoffroy de Charny no quería contratar los servicios de un artista hasta no haber concebido por completo la apariencia de la obra. El artista sería un mero ejecutor de su idea. De esa forma pretendía evitar que los preconceptos del pintor, sea quien fuere, dirigieran el curso de su plan. El duque no quería una obra de arte sino una reliquia, de modo que necesitaba prescindir del presuntuoso juicio de un artista. No precisaba más que la pura mano de obra. Todavía no había decidido cuál de las tres telas que había comprado en Venecia habría de utilizar, ni qué aspecto tendría el Cristo de su sudario. No era esta última una cuestión menor ya que la fisonomía de Jesucristo era un tema que despertaba intensos debates. ¿Cuál era la verdadera apariencia del Nazareno? Las distintas representaciones a lo largo de la historia variaban radicalmente. Las primeras imágenes de Jesús se habían encontrado en distintas catacumbas. En la cripta del cementerio de San Calixto había frescos muy rudimentarios influidos por el modo de representación helénica. Por entonces eran frecuentes las imágenes de Cristo personificado bajo la forma conocida como El buen pastor: se lo veía robusto, sin barba, con el pelo corto y cargando una oveja sobre los hombros. Geoffroy de Charny guardaba muchas reservas sobre la veracidad de esta imagen, ya que era fácil deducir que la figura estaba tomada sin cambio alguno del Joven del becerro, el *moscóforo* griego que databa del 570 a. C. Para el duque no era ésta una representación de Jesús sino una metáfora, ya que los cristianos primitivos todavía se atenían, aunque inciertamente, a la prohibición de adorar imágenes. Esta hipótesis se veía reforzada en gran parte de la iconografía de las catacumbas: la paloma era el alma, el pavo real la eternidad, la vid o la espiga aludían a la eucaristía. Jesús también aparecía simbolizado por la figura del pez: en griego el vocablo *ikhthys,* que significa "pez", contiene las iniciales del Salvador: *Iesus Khristos Theu Yos Soter,* Jesús Cristo, Hijo de Dios, Salvador. Geoffroy de Charny conjeturó que la representación imberbe de Jesucristo hecha por los cristianos primitivos no tenía el valor de un retrato, sino el de un símbolo. Sin embargo, el duque no quería dejar ningún detalle librado al azar; tenía que contar con la imagen de Cristo que resultara no sólo verdadera, sino, además, verosímil. Por otra parte, Geoffroy de Charny no encontró en los evangelios ninguna precisión acerca de la fisonomía del Hijo de Dios. Las pinturas paleocristianas presentaban diversas imágenes de Jesucristo y de la Virgen, pero como para entonces ya no quedaban vestigios ciertos de la transmisión oral de aquellos que habían visto a Cristo, ni el Evangelio lo mencionaba en virtud de la ley mosaica que prohibía representar imágenes, durante los siglos II y III se tomaron los modelos del mundo clásico greco-romano. Tanto en la catacumba de San Calixto como en la de Priscila, Jesucristo aparece como *Maestro,* a la usanza de los antiguos filósofos griegos. La Virgen era representada como madre, con el Niño sentado en su regazo. Estas imágenes habrían de inspirar al arte bizantino con la manifestación del *Theotokos,* que más tarde adoptará la iconografía románica. El duque revisó cuanto códice estuvo a su alcance para establecer la exacta imagen que debió haber tenido Cristo. Resultaba un hecho misterioso la aparición de distintas imágenes de Cristos negros en distintos lugares de Europa; en Marsat y en Rocamadour, en Altötting y Colonia, en Glastonbury y Walsingham, en Loreto y Nápoles, en Montserrat y Solsona, en Madrid y en Extremadura se habían encontrado tallas de diversos salvadores negros. Se tejieron muchas hipótesis en torno de estas esculturas, tales como que en la época de Jesucristo la región de Palestina estaba poblada por una mezcla de egipcios, etíopes y babilonios, provenientes, en mayor o menor medida, del centro de África. De acuerdo con estas conjeturas, no era de extrañar que Cristo hubiese sido negro. A este hecho se había sumado el no menos extraño hallazgo de varias vírgenes negras diseminadas en las costas del mar Mediterráneo. Consecuente con esta lógica, si María tenía ascendencia en algún lugar de África, era lícito suponer que también Jesús fuese negro. Pero Geoffroy de Charny sabía que todas estas especulaciones eran producto de aquellos que, guiados por un espíritu oscurantista, llevaban sombras donde debía echarse luz. La explicación de los Cristos y las vírgenes negros era muy sencilla: por los tiempos en que fueron hechos, el color de la piel solía pintarse con pigmentos que se aglutinaban con aceites, mientras que los ropajes se coloreaban con temples al huevo. Con frecuencia sucedía que estos óleos primitivos, al contacto con la luz y el aire, acababan por ennegrecer por completo, producto de la oxidación. Era entonces notable cómo las ropas, pintadas al temple, conservaban su color inalterado. La prueba más concluyente de este hecho era que la fisonomía de las tallas no presentaba los rasgos distintivos de la raza negra. De modo que el duque descartó por completo esta posibilidad para su lienzo, no sólo por inverosímil, sino porque, además, sería inmediatamente rechazada por la Iglesia: de acuerdo con la autoridad eclesiástica, los negros, igual que las bestias, carecían de alma.

Geoffroy de Charny comprobó que a partir de Bizancio se generalizó la representación más extendida que era el Jesucristo *Pantokrator,* cuyo más antiguo registro fuese, quizás, el fresco de la iglesia de Santa Catalina en Sinaí. Los nuevos cánones iconográficos se ajustaban alegóricamente y según las normas de la *Hermeneia,* a las diferentes partes de un templo: así el Cristo Pantocrator, representado como una Majestad bendiciendo con los dedos índice y mayor elevados, debía estar en la cúpula, el Tetramorfos, es decir, los cuatro evangelistas, en las pechinas; la Virgen en el ábside y por último los santos y temas evangélicos en las paredes de las naves. Éste era un Cristo bien diferente del paleocristiano, presentaba una barba generosa, en algunos casos partida, el gesto severo del *sumo señor de todas las cosas,* dimanando una luminosidad digna del libro que sostiene, en cuya portada se leía: "EGO SUM LUX MUNDI". La cabeza estaba ornamenta-

141

da con el nimbo crucífero y flanqueada a los lados por la primera y última letras del alfabeto griego, alfa y omega. Los pies descansaban sobre una peana semicircular que simbolizaba el mundo. Esta era, sin dudas, la imagen que más se había extendido y la que más viva impresión le provocaba a Geoffroy de Charny. De hecho, el duque atesoraba varias imágenes del Cristo Creador de todas las cosas, las que coleccionaba con devoción. Tenía varias monedas bizantinas acuñadas entre los siglos VII y X que llevaban la imagen del Pantocrator. Las que más apreciaba databan de los años 692 a 695, correspondientes a la época de Justiniano II. Eran de oro y se dividían en dos categorías: unas, llamadas *tremissis*, y las otras, denominadas *solidus*. Un *solidus* pesaba el triple que un *tremissis*. Pese a que las de menor valor tenían la bella dedicación de las miniaturas, las *solidus*, como su nombre anunciaba, presentaban una apariencia que imponía respeto. La figura de Jesús se veía tan vívida y real, que parecía querer levantarse de la superficie plana del metal. Geoffroy de Charny no podía evitar estremecerse cada vez que veía estas monedas, ya que eran la síntesis perfecta de sus dos grandes pasiones: la religión y el dinero. Para su hija Christine, en cambio, era aquella la prueba más contundente de la corrupción a la que había llegado la Iglesia; no concebía cómo habían llegado a conciliar la humilde figura de Jesús con el símbolo más elocuente de lo que había repudiado en su prédica. El duque siempre había creído que aquellas monedas habían intervenido en su suerte; y mientras las acariciaba esperando que lo iluminaran en su nueva empresa, ni siquiera sospechaba que aquellos *solidus* iban a convertirse en la clave de su sudario.

23

TROYES, 1347

Christine, robándole horas al sueño, escribía sin pausa durante las noches hasta que brillaban las primeras luces del alba. Pronto descubrió que si quería recuper el amor de Aurelio, debía construir una doctrina del amor que no sólo no contradijera el Evangelio, sino que se sustentara en él. No era difícil encontrar en el Antiguo Testamento alusiones a la sensualidad y al amor carnal entre el hombre y la mujer; de hecho, el *Cantar de los cantares* era una extensa celebración del encuentro de los cuerpos. Pero en el Nuevo Testamento las menciones a la sensualidad eran todas condenatorias. Sin embargo, Christine encontró en los pasajes más impensados de las Sagradas Escrituras, la vindicación cristiana del cuerpo y los sentidos. Así, escribió:

Una de las consecuencias más sensibles de la caída de la parusía inminente fue la confusión que se ha generado en torno de la doctrina de la resurrección de los muertos. Si interrogáis a cualquiera que se llame cristiano acerca de lo que ha de suce-

der después de la muerte, os responderá con la misma inocencia que la de un niño: dirá que si ha procedido según lo que manda Dios, habiendo sido bautizado, recibidos los sacramentos y estando limpio de pecado, ha de esperarle el cielo luego de expirar. Con la misma candidez, dirá que aquel que murió sin bautismo y en pecado irá directo al infierno. Sostendrá que al momento de producirse la muerte, el alma se separará del cuerpo para elevarse hasta encontrarse con la gloria de Dios por los siglos de los siglos, o bien que el alma descenderá a los infiernos para sufrir por toda la eternidad. Ésta es la idea general: que el cuerpo es finito y el alma eterna. Ahora bien, los sacerdotes deberían disuadir a la feligresía de semejante idea que contradice la palabra de Jesús y las Escrituras. Durante los últimos tiempos, pareciera ser que nuestros clérigos suelen despreciar el cuerpo en favor del alma, en oposición al ejemplo vivo que nos legó Nuestro Señor Jesucristo al resucitar con su cuerpo de entre los muertos. La creencia en la resurrección de los muertos es dogma de fe, por lo tanto, todo aquel que diga que el cuerpo se corrompe de una vez y para siempre, comete pecado. La enseñanza de San Pablo insiste en este punto, refutando a los gentiles, a los saduceos y, en la epístola a los Corintios, a Himeneo y a Fileto. Cometen pecado quienes, como los gnósticos, los maniqueos y los priscilianistas, piensan que el cuerpo se separa del alma definitivamente. Mi querido Aurelio, no podríais llamaros cristiano si despreciárais al cuerpo, ya que habréis de llevarlo por toda la eternidad desde el momento en el que suenen las trompetas que indiquen el fin de los tiempos. Podéis comprobar que todo lo que afirmo está en las Escrituras. Leed las palabras de San Pablo, en la Epístola a los Corintios, *capítulo 15.*

12. Pero si se predica de Cristo que resucitó de los muertos, ¿cómo dicen algunos entre vosotros que no hay resurrección de muertos?

13. Porque si no hay resurrección de muertos, tampoco Cristo resucitó.

14. Y si Cristo no resucitó, vana es entonces nuestra predicación, vana es también vuestra fe.

15. Y somos hallados falsos testigos de Dios; porque hemos testificado de Dios que él resucitó a Cristo, al cual no resucitó, si en verdad los muertos no resucitan.

16. Porque si los muertos no resucitan, tampoco Cristo resucitó;

17. y si Cristo no resucitó, vuestra fe es vana; aún estáis en vuestros pecados.

(…)

21. Porque por cuanto la muerte entró por un hombre, también por un hombre la resurrección de los muertos.

Os digo entonces, mi querido Aurelio, que comete pecado quien pretende que la muerte del cuerpo es el destino del hombre, y que en la muerte se alcanza la paz, ya que Dios es Dios de vivos y no de muertos, y el que vence a la muerte como lo hizo Jesús. Así nos lo dice San Pablo:

26. Y el postrer enemigo que será destruido es la muerte.

(…)

Pero dirá alguno: ¿Cómo resucitarán los muertos? ¿Con qué cuerpo vendrán?

Las mismas palabras de Jesús responden a esta pregunta que formula San Pablo; en los sinópticos dice cómo serán los muertos luego de la resurrección, cuando replicando a los saduceos, afirma: "Cuando los muertos resuciten, ni los hombres tomarán mujeres ni las mujeres maridos, sino que serán como los ángeles de Dios, que están en los cielos. Ahora, sobre que los muertos hayan de resucitar, ¿no habéis leído en el libro de Moisés cómo Dios hablando con él en la zarza, le dijo: 'Yo soy el Dios de Abraham y el Dios de Isaac y el Dios de Jacob?' Y en verdad que 'Dios no es Dios de muertos sino de vivos'". Mi querido Aurelio, no puedo más que entristecer al ver con qué hostilidad habláis de vuestro cuerpo como si fuese un enemigo y no la carnadura con la cual habréis de comparecer el día del Juicio Final. Otra vez, apelo a Pablo cuando dice:

> 52. *en un momento, en un abrir y cerrar de ojos, a la final trompeta; porque se tocará la trompeta, y los muertos serán resucitados incorruptibles, y nosotros seremos transformados.*
> 53. *Porque es necesario que esto corruptible se vista de incorrupción, y esto mortal se vista de inmortalidad.*

> 54. *Y cuando esto corruptible se haya vestido de incorrupción, y esto mortal se haya vestido de inmortalidad, entonces se cumplirá la palabra que está escrita: Sorbida es la muerte en victoria.*

Por tanto, os repito, mi querido Aurelio, no desdeñéis al cuerpo, no lo flageléis, ni lo privéis, ya que, cuando llegue el momento, habrá de levantarse de la tumba para encontrarse con el alma y así, de cuerpo presente, rendiréis cuentas ante Dios. La resurrección,

146

como dogma de fe, otorga la misma importancia al cuerpo que al alma, reuniendo a uno con otra. Es palabra de Jesús que todos, absolutamente todos los hombres habrán de resucitar, tanto los justos como los pecadores. En el Símbolo de los Apóstoles se afirma claramente: "Creo en la resurrección de la carne". El Concilio Lateralense estableció que "Todos resucitarán con el cuerpo que ahora llevan". Así lo afirma, también, San Juan en el capítulo V:

> *28. No os maravilléis de esto; porque vendrá hora cuando todos los que están en los sepulcros oirán su voz;*

> *29. y los que hicieron lo bueno, saldrán a resurrección de vida; mas los que hicieron lo malo, a resurrección de condenación.*

Mi querido Aurelio, las referencias a la resurrección de los muertos en las Escrituras son tan numerosas que no podría citar todas aquí. Ahora bien, ¿cuándo habremos de levantarnos de los sepulcros? Ciertamente cuando nos toque comparecer ante el Altísimo. Y no seremos juzgados luego de morir, como supone la mayoría de los que se creen cristianos, sino el día del Juicio Final, que sólo acontecerá cuando regrese Jesús por segunda vez, es decir, cuando acaezca la parusía y sobrevenga el Apocalipsis. Hasta ese momento el Cielo, como hasta ahora, permanecerá con la única presencia de Jesucristo a la diestra de Dios, y el infierno con la maléfica soledad del Satanás. Quien piense que el alma de sus muertos habita en el cielo comete pecado, porque nadie puede ingresar al Reino de los Cielos sin que su cuerpo haya resucitado antes. Sostener lo contrario es desconocer uno de los más fundamentales dogmas de fe. De hecho, ya en el siglo II, Policarpo cali-

ficaba de hijo de Satanás "al que niegue la resurrección de los muertos y el Juicio Final". Y así lo explica también Atenágoras en su tratado De Resurrectione Mortuorum, *donde dice: "dado que el hombre está compuesto por cuerpo y alma, no podría alcanzar su bienaventuranza si el cuerpo no vuelve a unirse con el alma". Minucio Félix ve señales de la resurrección en toda la divina creación: "Mirad cómo para nuestro consuelo toda la naturaleza preludia la futura resurrección. Pónese y nace el sol, los astros se ocultan y reaparecen, las flores mueren y renacen, los árboles después de la vejez, reverdecen. Las semillas sólo germinan cuando se corrompen. Así el cuerpo en el sepulcro, como los árboles en el invierno ocultan su verdor con mentida aridez. También nosotros hemos de esperar la primavera del cuerpo".*

La Doctrina de los Apóstoles describe con nitidez los días de la parusía, los de los últimos tiempos: "La primera señal será los cielos abiertos, después el sonido de la trompeta y el tercero la resurrección de los muertos". Por eso, Aurelio, no os dejéis engañar por los que, en el monasterio donde vivís, maltratan y flagelan sus espaldas con el rigor del látigo pues, igual que el alma, el cuerpo es creación divina y habrán de reunirse por toda la eternidad. Tertuliano, en el siglo III, ha dicho sobre la resurrección: "Esta carne dice que Dios ha formado con sus manos y según su propia imagen, que animó con su soplo a semejanza de su vida; esta carne, ¿no resucitará? ¿Esta carne que es de Dios por tantos títulos? Resucitará, pues, la carne, y por cierto toda y la misma y en toda su integridad".

Os equivocáis, mi querido Aurelio, si suponéis, con la misma inocencia de un niño, que será vuestra alma despojada de vuestro cuerpo la que habrá de habitar el Cielo o el Averno. He aquí el testimonio de vuestro amadísimo San Agustín: "Resucitará la carne, la misma que es sepultada, la misma que muere, esta misma que vemos, que palpamos, que tiene necesidad de comer y de beber para conservar la vida; esta carne que sufre enfermedades y dolores, esta misma tiene que resucitar, en los malos para siempre penar, en los buenos para que sean transformados".

Siguiendo el razonamiento de Agustín, es plausible pensar que no podría existir felicidad completa en el Cielo si el alma prescindiera de su cuerpo. Y aquellos que merecen el castigo del infierno y el eterno sufrimiento, no tendrían otro modo de padecer el horror del fuego si no les fuese dado un cuerpo sensible.

Y en cuanto a lo que escribísteis, maldiciendo aquellas partes de vuestro cuerpo que desvían vuestro pensamiento de Dios, y, según decís, os acerca a las fieras salvajes, deberéis resignaros a que aquella parte de la que renegáis y que, por otra parte, tanta felicidad me ha dado en el pasado, también habrá de acompañaros en la otra vida, según afirma el sabio de Santo Tomás de Aquino en la Summa Theologiae: *"Todos los órganos y miembros que constituyen el cuerpo humano, serán restituidos en la resurrección". Ahora bien, bajo qué aspecto resucitaremos, dado que desde el nacimiento a la vejez, habremos cambiado nuestra apariencia tantas veces como días tuvo nuestra vida. ¿Nos levantaremos del sepulcro, acaso, decrépitos, corrompidos y monstruosos? ¿Cuál será nuestra fisonomía? ¿Qué edad habremos de tener? Responden Santo Tomás y San Agustín que los que marcharán al Reino de los Cielos lo harán resucitados "para recibir la perfección: han de resucitar perfectos". Y los réprobos resucitarán completos con todos sus órganos, pero para su eterno suplicio.*

Por otra parte, la doctrina de la resurrección de los muertos demuestra cómo la propia religión, lejos de renegar de la existencia del cuerpo como contrario a los asuntos divinos, lo exalta y afirma su carácter eterno en conjunción con el alma.

24

Geoffroy de Charny no ignoraba que la sola representación de Cristo implicaba un problema tan delicado como antiguo. Si bien no parecía haber quedado rastro del movimiento iconoclasta que prohibió toda forma de producción
y veneración de imágenes en el pasado, allí estaba todavía el
primer mandamiento, claro e indiscutible. Según decía en
Éxodo, Dios Padre, en el monte Sinaí, había dicho a Moisés:

20:4. No te harás imagen, ni ninguna semejanza de lo
que esté arriba en el cielo, ni abajo en la tierra, ni
en las aguas debajo de la tierra.

20:5. No te inclinarás a ellas, ni las honrarás; porque yo
soy Jehová tu Dios, fuerte, celoso, que visitó la maldad de los padres sobre los hijos hasta la tercera y
cuarta generación de los que me aborrecen (…)

¿Cómo sería posible que Jesús fuese el primero en violar
el más fundamental de los mandatos dejando su propia ima-

gen impresa en una tela para que fuese venerada? Si Jesucristo obraba en forma contraria a los mandamientos, entonces podía dudarse de su divinidad, desmintiendo de ese modo la doctrina de la Trinidad; el Padre y el Hijo no sólo dejarían de ser la misma entidad sino que, al hacerse imagen en el lienzo, el Hijo se había rebelado contra el Padre. No se trataba solamente de un mandamiento, sino del primero del decálogo y no dejaba lugar a duda alguna. El duque por primera vez vaciló en su propósito. Sintió temor. Se dijo que el sudario que tenía planeado fabricar podía ser tomado no ya como una mera falsificación, sino como una herejía; de acuerdo con las Sagradas Escrituras, era una contradicción en sí mismo. Jehová, que en el Monte Sinaí había repudiado las imágenes, no podía desmentir su propia palabra obrando milagrosamente una imagen divina. Geoffroy de Charny sabía que las imágenes eran mucho más elocuentes y didácticas para el vulgo que cualquier tratado de teología, no ignoraba que una buena pintura de un santo venciendo a un demonio era más convincente que las mismas Escrituras, dado que las grandes mayorías eran analfabetas. Pero no podía desconocer que el primer mandamiento que Dios había dispuesto y que Cristo había refrendado prohibía toda forma de veneración de imágenes. Los iconoclastas tenían un fundamento al destruir toda representación; de hecho no hacían más que obedecer el mandato divino cuando, también en *Éxodo*, Jehová advierte contra la idolatría en Canaán:

34:13. Derribaréis sus altares, y quebraréis sus estatuas, y cortaréis sus imágenes de Asera.
34:17. No te harás dioses de fundición.

No había forma de entender otro sentido en el primero de los mandamientos. Cualquier exégesis en contrario no podía ser sino un torcimiento mendaz urdido en los concilios, en favor del enorme poder evangelizador de las imágenes. De hecho, los hebreos siempre se mantuvieron fieles a este mandato y sus templos jamás tuvieron el adorno de una figura humana o un animal o cualquier forma que no fuese abstracta. La idea de un Dios único y Todopoderoso echaba por tierra cualquier panteón y el rechazo de los dioses asimilables a los fenómenos naturales como la lluvia, el trueno y el viento, o asociados a la cosmografía como el sol, la luna y las estrellas. Dios, creador del Universo, era de una magnificencia tal que resultaba imposible no ya representarlo, sino, siquiera, imaginarlo. Si para el hombre era inadmisible aprehender los límites del Universo y concebir el infinito, cómo dar testimonio de la forma de Dios si Él era superior a toda cifra y mayor que la misma eternidad. Sería un insulto a Dios, una herejía, que el hombre, en su pequeñez, intentara representar al Creador de todas las cosas. Dios era el único que tenía la potestad de crear y dar forma a la materia, incluso a su imagen y semejanza. Podía crear un ser de la costilla de otro ser, pero sería un acto de imperdonable soberbia y un arrogante afán de tomar el lugar de Dios que el hombre hiciera "imagen o semejanza de lo que esté arriba en el cielo, o abajo en la tierra, o en las aguas debajo de la tierra". Por otra parte, tampoco los mahometanos osaban presentar imágenes en sus imponentes mezquitas. De hecho, muchos cristianos veían la causa de las formidables victorias militares de los musulmanes en su obstinada repulsa de las imágenes. La influencia árabe en Bizancio fue otro factor decisivo del movimiento iconoclasta. Ya sea por motivos supersticiosos que atribuían a este hecho su poder militar, ya por la tendencia natural a acomodarse a los designios de los vencedores, o bien para ganar predicamento entre las huestes islamistas, la Iglesia Cristiana de Oriente se acogió rápidamente al primer mandamiento. En el siglo III Eusebio proclamó que toda representación de Cristo se oponía a las Escrituras y, por lo tanto, era de orden idolátrico. Muchos años antes, Asterio de Amasia había dicho: "No hagas copia de Cristo; ya le basta con la humillación de la Encarnación, a la cual se sometió voluntariamente y por nosotros. Antes bien lleva en tu alma espiritualmente al Verbo incorpóreo". ¿Tenía sentido fabricar una reliquia que contradecía ese Verbo sagrado?, se preguntaba el duque vacilando de pronto en su propósito. ¿Acaso era descabellado pensar en un regreso del viejo movimiento iconoclasta que quemara su sábana y, de paso, al mismo duque? Geoffroy de Charny era consciente de que, en última instancia, la corriente iconoclasta tenía su origen en una guerra soterrada: la lucha entre el poder político y el poder eclesiástico. Impulsados por el mismo afán de lucro que guiaba los pasos del duque, los monjes de Bizancio atesoraban en sus iglesias toda clase de iconos milagrosos. Así, las multitudes llegaban en peregrinaciones y dejaban sus ofrendas a cambio de suplicar por el favor de las imágenes. Cuanto mayor era el número e importancia de estos iconos, tanto más grande era la riqueza y el prestigio de los monasterios que los exhibían. De este modo, los monjes, aun viendo cómo los feligreses se arrodillaban ante las imá-

153

genes, hacían caso omiso del mandamiento mientras engrosaban sus arcas y aumentaba su poder. Los emperadores asistían con preocupación al progresivo aumento de la autoridad del monacato en detrimento de su poder secular. León III fue el primero en percibir que la aristocracia eclesiástica, además de estar exenta de pagar impuestos, se había adueñado de extensísimos territorios y, en virtud de la propiedad de sus imágenes sagradas, tenían consigo el fervor supersticioso del pueblo. De esta manera, León III, al prohibir el culto de las imágenes, recortó el creciente poder monacal en pos de construir su poderío absolutista y militarista. Pero el duque no era ingenuo: sabía que el sentido de las Escrituras podía torcerse tantas veces como fuera necesario para el poder de turno. Sin embargo, las cosas habían cambiado demasiado; para entonces, se dijo Geoffroy de Charny, la Iglesia detentaba la totalidad del poder, no sólo el de los asuntos del Cielo, sino también el secular, a punto tal que Thomas Becket, arzobispo de Canterbury, llegó a declarar: "En razón de su cargo, el clérigo sólo tiene como rey a Cristo. Los clérigos no pueden someterse a los reyes seculares sino a su propio rey, el Rey del Cielo. Los reyes cristianos deben someter su gobierno a los eclesiásticos, no imponerlos a éstos. Los príncipes cristianos deben obedecer los dictados de la Iglesia, más que preferir su propia autoridad, y los príncipes deben inclinar la cabeza ante los obispos en lugar de juzgarlos". Geoffroy de Charny se dijo que no había posibilidades de un regreso del fantasma iconoclasta. La supresión de las imágenes ya no representaría un beneficio para nadie. Además, la proliferación de pinturas de la Virgen, de los santos, de los apóstoles, de Jesucristo y hasta del mismísimo Dios Padre representado como un anciano de barba cana, otrora una herejía que se hubiese pagado con la vida, se había extendido de tal forma que ya no había marcha atrás, pensó. Con el ánimo renovado, paseando con entusiasmo su renguera por el salón del palacio de Lirey, el duque volvió a infundirse aliento para con su noble empresa. Por otra parte, se convenció, en el II Concilio Ecuménico de Nicea celebrado en el año 787, quedó definitivamente zanjada la disputa con los iconoclastas cuando la Iglesia tuvo que admitir la utilidad de la representación de imágenes sagradas. Claro que para contradecir un mandamiento tan claro y fundacional debieron forzar un poco las cosas. A juicio de Geoffroy de Charny los fundamentos habían sido ciertamente pobres, tan pobres como los que había empleado Tomás de Aquino. En su *Summa theologiae*, el santo afirmaba que el culto de las imágenes no tenía por objeto al icono en sí mismo, sino en tanto forma que remitía a Dios encarnado. De manera que la veneración que se dirigía a la imagen en cuanto tal, no se detenía en ella, sino que tenía por destino final la divinidad de la que era reflejo. Por otra parte, decían los obispos, cuando el hombre cayó a causa del pecado original y Jehová se ausentó de su vida cotidiana, su imagen se hizo difusa hasta que la humanidad la olvidó por completo. Entonces confundió a Dios con otras cosas y les ofreció culto como si se tratara de dioses. Estas falsas divinidades se representaban como tallas, esculturas o pinturas. La prohibición del mandamiento, decían, estaba dirigida contra estas imágenes y encontraba su fundamento en la idolatría de esas representaciones. Y dado que, además, los hebreos eran apenas un puñado de almas asediadas por pueblos entregados a la adoración de ídolos, Dios quiso guardar a los elegidos de las falsas divinidades. Sin embargo, se dijo Geoffroy de Charny, estos argumentos eran sumamente endebles: nadie podía subestimar tanto a las antiguas religiones del Cercano Oriente, ¿quién podía sostener seriamente que aquellos pueblos confundían las tallas con la deidad que representaban? Si para ellos tal o cual talla, estatua o pintura era una divinidad en sí, ¿cómo se explicaba que la misma imagen se repitiera de la misma forma y tuviese un nombre en particular? Para citar un ejemplo, ¿cuál era la diferencia conceptual entre una estatua de Anubis y una de San Pedro? Desde luego que nadie pensaría que cada imagen distinta de Pedro se refería a un santo distinto, sino que aludían todas al fundador de la Iglesia, del mismo modo que los egipcios no creían que cada representación de Anubis era un dios diferente en sí mismo. A los antiguos egipcios podía acusárselos de politeístas pero no precisamente de estúpidos. Al contrario, se dijo el duque, la Iglesia Romana promovía la veneración de diversas Vírgenes como si, efectivamente, no se tratara de la única: cada iglesia tenía su propia Virgen y todas parecían competir entre sí en poder milagroso y concesión de favores a cambio de promesas y, desde luego, limosnas. De hecho, cada una de ellas era reverenciada de un modo diferente y era muy frecuente ver procesiones llevando en andas las estatuas como si, de esa forma, las Vírgenes mostraran su poder de convocatoria entre los fieles. Y si además alguna de esas tallas lloraba lágrimas de sangre, era venerada hasta el delirio, llegándose ante sus pies peregrinaciones que se abalanzaban sobre ella para tocarla. ¿Cómo podía la Iglesia no ver en semejantes prácticas una idolatría tan primitiva como aquella que Dios había condenado en el Decálogo? Y mientras reflexionaba sobre los endebles postulados de Santo Tomás, el duque encontró de pronto una explicación que se le antojó perfecta. Y este fundamento no sólo le permitiría justificar la existencia del sudario, sino que, por añadidura, se convertiría en el argumento más sólido que encontraría la Iglesia para defender la veneración de las imágenes sin contradecir en absoluto el primer mandamiento. Era una solución que no presentaba fisuras teológicas: el advenimiento de Jesucristo, esto es, de Dios encarnado, iba a tener múltiples consecuencias. Las enseñanzas del Antiguo Testamento iban a cobrar un nuevo sentido a la luz de semejante acontecimiento. El primero de los mandamientos sólo podía entenderse ante la imposibilidad material de abarcar la grandeza de Dios y, en consecuencia, resultaba insultante todo intento de representación por el hombre. El rostro de Dios era un misterio indescifrable. Eso fue indiscutiblemente así hasta el momento en que Dios se hizo visible en la pequeña aldea de Belén. El primer mandamiento que pronunció Dios era tan categórico y verdadero como Su posterior decisión de hacerse carne en la figura de Cristo. Así, Geoffroy de Charny, hablando consigo mismo, concluyó: "Jesucristo es la imagen visible del Padre". Como lo hacía cada vez que quería justificar una idea de orden teologal abrió la Biblia con el propósito de encontrar un fundamento irrefutable. No pasaba las páginas al azar; como creyendo recordar inciertamente una alusión a la cuestión, fue directamente al Evangelio de Juan. Después de buscar sin éxito, alumbrado por el candil, finalmente encontró la frase que buscaba:

14:6. Jesús le dijo: Yo soy el camino, y la verdad, y la vida; nadie viene al Padre, sino por mí.

14:7. Si me conocieseis, también a mi Padre conoceríais; y desde ahora lo conocéis, y lo habéis visto.

14:8. Felipe le dijo: Señor, muéstranos el Padre, y nos basta.

14:9. Jesús le dijo: ¿Tanto tiempo hace que estoy con vosotros, y no me has conocido, Felipe? El que me ha visto a mí, ha visto al Padre; ¿cómo, pues, dices tú: Muéstranos el Padre?

Allí estaba, de una manera tan clara y transparente como el primer mandamiento, la idea que quería plasmar. Pero no dicha con su palabra laica y terrenal, sino pronunciada por el mismísimo Dios hecho hombre. Desde esta nueva perspectiva, el santo sudario que había envuelto a Cristo traería un mensaje a las generaciones futuras: "Yo soy el Padre, el Hijo y el Espíritu Santo. Ésta es mi imagen y la he plasmado en esta tela para que nadie me confunda con los falsos dioses y cometa idolatría". La sábana santa venía a refrendar el mandamiento, no a rebatirlo. Pero además sería el argumento contra cualquier embate iconoclasta, la prueba de que el mismo Jesús había obrado por el Espíritu Santo la imagen del Padre, demostrando de manera empírica la Santísima Trinidad.

Satisfecho con la gigantesca obra intelectual que había logrado construir durante esa noche fértil, el duque sopló la llama del candil y se durmió sobre su pupitre.

Afuera, el sol comenzaba a elevarse sobre la vid.

25

Christine escribía todas las noches en la penumbra de
su claustro para que la luz no la delatara y así no volver a ser
descubierta por la superiora. Exhausta, se apuraba a con-
cluir su secreta tarea antes del alba para poder esconder sus
manuscritos en la biblioteca, cuando el convento todavía
dormía. Habiendo desmentido la pretensión de que el cuerpo era un lastre para la elevación del alma, ahora quería
que Aurelio olvidara las ataduras de la ley y procediera según el dictado de su propia conciencia. Con los ojos enro-
jecidos por el trabajo y el sueño, Christine escribió:

*Ahora quiero hablaros de la Ley. Puedo percibir en vuestras car-
tas el sufrimiento que os provoca manteneros fiel a las leyes de
Dios. Y entonces os digo que si padecéis por ser fiel a Dios, estáis
siéndole infiel; que si no consideráis justa Su Ley en lo más profundo de vuestra conciencia, es porque, quizá, las que creéis leyes
de Dios no sean tales. Por otra parte, si algo nos legó la enseñanza de San Pablo eso es, justamente, el desconocimiento de la Ley,*

puesto que no existe ley por fuera de nuestra propia conciencia que nos pueda revelar la fe. Ésta es la piedra angular del cristianismo y aquello que lo funda como religión diferente de nuestros antecesores, los judíos. Y no es entonces casual que haya sido un judío quien fuera el primero en comprender el mensaje más profundo de Jesús. Me refiero, desde luego, a Pablo, el llamado "judío de Tarso". Nadie como San Pablo supo interpretar el nuevo mensaje que traía el Mesías al pueblo de Israel. El apóstol Pablo fue quien hizo de la palabra de Cristo una teología pero, sobre todo, el primero en ver que la dimensión del Verbo del Salvador era tal que implicaba, por fuerza, la ruptura con la tradición de su propia fe y sus propios valores judíos. De no haber sido por la gigantesca labor de Pablo, el cristianismo se hubiese extinguido a poco de nacer. No es en absoluto una paradoja que el Apóstol fuese un judío de la más tradicional de las tribus de Israel: la de Benjamín. Solamente un hebreo de pura estirpe, un fariseo en cuanto a la ley, podía comprender, y por lo tanto explicar y difundir por el mundo, más allá de su propio pueblo, el Mensaje Universal de Jesucristo. Y quizá porque fue un judío puro, fue el más antiguo de los cristianos puros. Pablo se convirtió al cristianismo como tantos otros judíos. Sin embargo él lo hizo de un modo único y concluyente. Cualquier judío podía adherir a la palabra de Jesús sin cambiar drásticamente su modo de percibir la existencia y, sobre todo, sus tradiciones. Pero Pablo advirtió de inmediato que este acto de fe implicaba la modificación del más esencial de los principios judíos: la relación de la religión con la Ley. Así como fue respetuoso y observante de las leyes mientras ofició como rabino, no bien Cristo entró en su corazón supo que la nueva religión exigía el absoluto rechazo de toda ley. Cuando el milagro de la revelación de Jesús transformó a Pablo, de inmediato predicó la Pa-

labra entre los de su pueblo, pero también entre los gentiles. Pablo predicó como judío la llegada, la muerte y la resurrección del Mesías de los judíos. Pero su misión trascendía las fronteras del pueblo de Israel. Así, comprobó que los que no pertenecían a la fe de Abraham, veían con horror la circuncisión, primera de las leyes que surgía del Libro Sagrado, la Biblia, y que debía aplicarse a los recién nacidos para su salvación. Entonces, en la Epístola a los Romanos, Pablo afirma que puede prescindir el hombre de la circuncisión que manda la ley, en la medida en que ésta puede obrarse en el alma antes que en la carne:

> 2:25. Pues en verdad la circuncisión aprovecha, si guardas la ley; pero si eres transgresor de la ley, tu circuncisión viene a ser incircuncisión.
>
> 2:26. Si, pues, el incircunciso guardare las ordenanzas de la ley, ¿no será tenida su incircuncisión como circuncisión?
>
> 2:27. Y el que físicamente es incircunciso, pero guarda perfectamente la ley, te condenará a ti, que con la letra de la ley y con la circuncisión eres transgresor de la ley.
>
> 2:28. Pues no es judío el que lo es exteriormente, ni es la circuncisión la que se hace exteriormente en la carne;
>
> 2:29. sino que es judío el que lo es en lo interior, y la circuncisión es la del corazón, en espíritu, no en letra; la alabanza del cual no viene de los hombres, sino de Dios.

Los conversos gentiles se mostraban poco dispuestos a aceptar ésta, como casi la totalidad de la ley hebrea. De modo que resultaba muy difícil convencer a aquellos que nada tenían que ver con Judea del advenimiento del cristianismo como un hecho judío. Y entonces sí, cuanto más lejos quería Pablo llevar la Palabra del Mesías de los judíos, comprendía que, para que eso fuese posible, debía, paradójicamente, dejar de ser judío. Pero, por otra parte, cuanto mayor era la cantidad de gentiles que lograba convencer, más se extendía el Libro Sagrado de los Judíos, la Biblia. El cristianismo dejaba de ser un hecho que sólo concernía a los hijos de Israel y se expandía hacia todos los pueblos, pero, a la vez, tendía un puente indestructible con la tradición hebrea, por cuanto Jesús procedía del linaje de David.

> 3:28. ¿Es Dios solamente Dios de los judíos? ¿No es también Dios de los gentiles? Ciertamente, también de los gentiles.
> 3:30. Porque Dios es uno, y él justificará por la fe a los de la circuncisión, y por medio de la fe a los de la incircuncisión.

La ley mosaica, para abrirse a los gentiles, tenía que desprenderse entonces de su propia raíz y dejar de ser ley. Y a la vez, la profecía del Antiguo Testamento se veía cumplida en la figura de Cristo como Mesías. Pero para construir este sistema teológico, Pablo debía romper con la Ley. De hecho, la Ley de los judíos contenía seiscientos trece mandatos, imposibles de recordar siquiera. Pablo había notado que la observancia de la Ley era un mandato cuyo fundamento era externo a la convicción y propio de la coerción, y que nada que se hiciera por obligación y no surgiera del corazón y la conciencia podía conducir a la salvación. ¿Por qué razón un acto que carecía de toda importancia más que la de la imposición legal, como lo era la circuncisión, ha-

bría de asegurar la salvación? Para San Pablo no existía otro camino a la salvación que no fuese el de la fe, que no podía ser distinguida por hombre alguno, sino sólo por Dios. No solamente el modo de proceder en la Tierra y las obras del hombre daban cuenta de su virtud, sino, principalmente, el modo en que se entregan a Dios mediante la fe. Y esto es algo que se da entre la conciencia de cada hombre y Dios; no existe forma de traducir este lazo de fe en un contrato legal, porque nada hay más alto que los ojos de Dios. Así, en la misma epístola, Pablo dice que el único modo de dar prueba de la fe es:

> *2:15. mostrando la obra de la ley escrita en sus corazones, dando testimonio su conciencia, y acusándolos o defendiéndolos sus razonamientos.*

La salvación sólo será posible si el hombre, mediante el conocimiento del Evangelio, elige a Dios y, de este modo y sólo de este modo, Dios lo elige a él. Pablo fue el más fiel creyente de la libertad. Y para atarse a Cristo por elección, había que liberarse de la ley.

> *3:28. Concluimos, pues, que el hombre es justificado por fe sin las obras de la ley.*

> *2:1. Por lo cual eres inexcusable, oh hombre, quienquiera que seas tú que juzgas; pues en lo que juzgas a otro, te condenas a ti mismo; porque tú que juzgas haces lo mismo.*

Para Pablo no puede llamarse cristiano aquel que ose juzgar a sus semejantes. La ley no solamente pierde la primacía, sino que es más importante la libertad de albedrío que el juzgamiento por tal o cual elección.

> **2:3.** *¿Y piensas esto, oh hombre, tú que juzgas a los que tal hacen, y haces lo mismo, que tú escaparás del juicio de Dios?*

La frase es concluyente: juzgar al semejante se convierte, entonces, en pecado, un pecado que sólo Dios y nadie más que Dios tendrá potestad para juzgar.

> **2:14.** *Porque cuando los gentiles que no tienen ley, hacen por naturaleza lo que es de la ley, éstos, aunque no tengan ley, son ley para sí mismos,*

Pablo aquí se refiere a aquellos que, por no ser judíos, desconocen la ley revelada por Moisés y, sin embargo, pueden aspirar a la salvación por cuanto, abrazando la palabra de Jesús, llevarán la verdad en sus corazones aunque no se sometan a las normas escritas. De modo que, en la doctrina paulista, la fe no está sujeta a la ley escrita ni promulgada ni dada a conocer por hombre alguno, sino que sólo se manifiesta

> **2:15.** *mostrando la obra de la ley escrita en sus corazones, dando testimonio su conciencia, y acusándolos o defendiéndolos sus razonamientos,*

Pero San Pablo fue mucho más lejos: no solamente se atreve a romper con la ley, sino que la condena. Según surge de sus propias palabras, la ley es la simiente del pecado, la semilla maldi-

ta que, al enunciar las prohibiciones, las promueve, las preconiza y difunde. La ley, mi querido Aurelio, lleva en su enunciado su propia violación,

> 4:13. Pues la ley produce ira; pero donde no hay ley, tampoco hay transgresión.

Así, las tablas de la ley resultan un decálogo de pecados que, acaso, a muchos pecadores jamás se les hubiese ocurrido cometer, si no fuese porque, al enunciarlos, Moisés los dio a conocer. El mismo Pablo se inculpa de sus propios pecados por haber sido un esclavo de la ley:

> 7:7. Pero yo no conocí el pecado sino por la ley; porque tampoco conociera la codicia, si la ley no dijera: No codiciarás.
>
> 7:8. Mas el pecado, tomando ocasión por el mandamiento, produjo en mí toda codicia; porque sin la ley el pecado está muerto.

Si el mal no albergaba hasta entonces en el espíritu del hombre, a partir de la revelación de Moisés a su pueblo, germinó el pecado bajo la forma de la ley. La parábola de la mujer viuda explica el punto de vista de Pablo:

> 7:2. Porque la mujer casada está sujeta por la ley al marido mientras éste vive; pero si el marido muere, ella queda libre de la ley del marido.
>
> 7:3. Así que, si en vida del marido se uniere a otro varón, será llamada adúltera; pero si su marido mu-

riere, es libre de esa ley, de tal manera que si se uniere a otro marido, no será adúltera.

7:4.   *Así también vosotros, hermanos míos, habéis muerto a la ley mediante el cuerpo de Cristo, para que seáis de otro, del que resucitó de los muertos, a fin de que llevemos fruto para Dios.*

Así, la fe es semilla de la vida y la ley lo es de la muerte. Por otra parte, en la misma medida en que las leyes se perpetúan como palabra escrita, también se perpetúa el mal:

7:9.   *Y yo sin la ley vivía en un tiempo; pero venido el mandamiento, el pecado revivió y yo morí.*

7:10. *Y hallé que el mismo mandamiento que era para vida, a mí me resultó para muerte;*

La siguiente afirmación resume por completo la esencia de la doctrina de Pablo. En breves palabras dirá con cuán poco se puede ser fiel a Jesús, aun sin conocer una sola de las leyes escritas ni grabadas en las tablas mosaicas:

13:8. *No debáis a nadie nada, sino el amaros unos a otros; porque el que ama al prójimo, ha cumplido la ley.*

26

LIREY, 1347

Geoffroy de Charny debía decidir, de una vez por todas, qué imagen habría de tener el Cristo de su sudario. Después de hacer un exhaustivo examen de todas las representaciones conocidas y habiendo descartado a priori el dudoso Cristo negro, eliminó luego la posibilidad de utilizar la representación paleocristiana del Buen Pastor dado que, se dijo, no pretendía ser una personificación sino un símbolo del Salvador. Acarició con el índice el *solidus* de oro que apretaba en la mano y, sobre la superficie, reconoció al tacto la figura del Pantocrator. Ésa era, sin dudas, la imagen de Jesucristo que más impresión y recogimiento despertaba no sólo en él, sino en la mayoría de los fieles. Estaba entonces resuelto: sobre la base de esa representación haría la figura del sudario. Otra vez tomó el papel y con pulso decidido garabateó con el carboncillo un incierto Cristo de acuerdo con la fisonomía del Pantocrator; primero lo dibujó de frente y, luego, en forma simétrica, de espaldas, como si fuesen dos cuerpos unidos por la cabeza. Muy bien, se dijo, ya tenía resuelto no sólo cómo sería la apariencia de su Jesús, sino de qué manera estaría dispuesta su imagen en la tela. Pero faltaba todavía definir la técnica. Era poco lo que el duque conocía de técnicas pictóricas. Sin embargo no quería dejar este aspecto fundamental librado al arbitrio del artista. El duque creía en la fuerza creadora de la ignorancia. Pensaba que, justamente, por ignorar todas las técnicas, estaba en condiciones de crear una jamás vista. Él quería encontrar un modo de representación inédito que, al no ser parecido a nada conocido, diera la impresión de que esa imagen había sido formada de modo milagroso. Ya había resuelto que la figura no estaría hecha con sangre o sustancia de apariencia semejante, como era el caso del pañuelo de Edessa. Se resistía a pensar en una pintura al temple como la que se empleaba en los frescos. Había visto técnicas novedosas utilizadas por algunos artistas italianos que aglutinaban los pigmentos con aceites. Estas pinturas presentaban un brillo y una luminosidad inéditos; sin embargo, se dijo, eran tan espléndidas como artificiosas. Geoffroy de Charny, alternativamente, apretaba la moneda entre sus dedos, la dejaba sobre el pupitre y la miraba como queriendo obtener de ella la respuesta definitiva a todos sus interrogantes. Y mientras jugueteaba nerviosamente con el *solidus*, intentaba recordar algún objeto al que la Iglesia le otorgara carácter milagroso. Buscaba en su memoria sin demasiado éxito, a la vez que borroneaba trazos involuntarios sobre el papel. Tenía que ser, se dijo, un icono verdadero. No bien pronunció entre labios aquellas dos últimas palabras, acudió a su memoria el nombre "Verónica". Al principio se sorprendió por la aparición de ese nombre de mujer, pero no tardó en encontrar la razón: Verónica tenía su origen en las palabras latinas *vera icon*, es decir, "verdadero icono". Sólo entonces recordó la leyenda del manto de la Verónica.

Según un antiguo y difundido relato que no se mencionaba en las Escrituras, durante la Pasión de Jesús, en un punto del Via Crucis, mientras Simón ayudaba a Jesús a cargar la cruz, una mujer de imponente estatura se detuvo frente a ellos. Su nombre era Serafia, mujer de Sirac, miembro del Consejo del templo, pero en adelante, a partir del milagro que se avecinaba, iba a ser conocida como Verónica. Contaba el relato que Serafia, acompañada por su pequeña hija, ofreció a Jesús una copa con vino para morigerar su dolor y calmar su sed. La muchacha llevaba la cabeza y los hombros cubiertos por un paño. En ese mismo momento se acercó la escolta y entonces la niña se apuró a ocultar la copa, mientras su madre se presentó ante Jesús y le ofreció el paño para que secara su sudor y limpiara la sangre. El Salvador aplicó el paño sobre su rostro, y se lo devolvió a la muchacha, dándole las gracias. Serafia besó la manta y la guardó debajo de sus ropas, mientras su hija extendió la copa hacia Jesús; pero los soldados no permitieron que bebiera. Cuando Serafia llegó a su casa, tendió el manto sobre la mesa y, al ver lo que había sucedido en la tela, por poco cae desmayada: el rostro ensangrentado de Jesús había quedado impreso en el paño. Mientras recordaba aquel relato, el duque garabateaba sobre la superficie del papel. Se decía que ese sudario era de lana fina y que su longitud triplicaba su ancho. De acuerdo con esta historia, Verónica conservó el sudario sobre la cabecera de su cama. Después de su muerte, el paño quedó en poder de la Iglesia por intermedio de los Apóstoles. Sin embargo, Geoffroy de Charny ignoraba qué decía la leyenda acerca del destino de aquella tela y le resultaba al menos enigmático el hecho de que ninguno de los Apóstoles dejara registro de semejante prodigio. Esto recordaba el duque cuando, al mirar el papel sobre el que tomaba notas, casi cae desmayado como la misma Verónica: en el centro de la hoja pudo ver cómo había aparecido de manera milagrosa el rostro de Jesucristo mirándolo con sus ojos piadosos.

27

Lirey, 1347

Christine, viendo que faltaba poco para que clareara, volvió a sumergir la pluma en el tintero escribiendo contra el reloj. La fatiga y la falta de sueño la sumían en un horroroso malestar: le ardían los ojos, las espaldas se le doblaban de dolor y unos vértigos que parecían hacer girar el cuarto en torno de ella la ponían al borde del desvanecimiento. Pero pese a todo, no se detenía. Apoyó su frente contra la piedra fría de la pared y, más despejada, escribió:

Ved, mi querido Aurelio, con qué poco se podría sustituir la ley si cada uno de nosotros se atuviese a esta sencilla frase: "amaos los unos a los otros". Mirad qué distinto sería el mundo si entendiésemos el sentido más profundo y sencillo de estas pocas palabras. Todo el corpus del derecho romano, con su grandeza y con sus yerros, todos los códigos, tratados y jurisprudencia, dejarían de tener razón de ser. La totalidad de la ley mosaica manifestada en el Talmud, el derecho canónico hebreo, caería por la misma falta de uso. La justi-

cia sobre la cual descansa el ideal de Estado de los antiguos griegos no tendría sentido bajo la luz de esta simple sentencia. La ley, mi querido Aurelio, lejos de representar la rectitud de un pueblo, pone de manifiesto la voluntad soterrada de transgredirla. Cuanto más duras y crueles son las leyes, tanto más duros y crueles serán los delitos. Quienes mandan a encender más hogueras para oponerse al pecado, la herejía y el crimen, no harán más que sumar fuego al fuego y multiplicar el pecado, la herejía y el crimen. Cuanto más elaborado es el cuerpo doctrinal de la justicia, tanto más refinados resultan los métodos para evadirla. No es la ley producto del crimen, sino el crimen producto de la ley. No es el mandato resultado del pecado, sino el pecado resultado del mandato. ¿Acaso Adán hubiese comido el fruto del árbol si Dios no se lo hubiese prohibido? Primero fue la prohibición, es decir la ley, luego el pecado. La evolución de un pueblo no estará signada por la perfección de sus leyes, sino en la posibilidad de vivir sin ellas. La existencia en el Reino de los Cielos no habrá de tener ley alguna; entonces, ¿por qué esperar ese día incierto? ¿Por qué no liberarnos de la ley aquí y ahora? Si en verdad debemos creer que el amor de Jesús hará nido en nuestros corazones y se extenderá a cada uno de nosotros, si en verdad creemos cierta la palabra que dice amaos los unos a los otros, entonces para qué la ley.

Aurelio, no os creáis un virtuoso por ser celoso de la ley. La ley está en vuestro corazón, no está escrita. Y lo que vos creéis que es bueno, lo será si es por convicción y no porque la ley lo permita o lo condene. Y habrá tantas leyes como hombres haya. Así lo dice Pablo, también, en su epístola a los romanos, respecto de la ley en cuanto al ayuno:

14:2. Porque uno cree que se ha de comer de todo; otro, que es débil, come legumbres.

14:3. El que come, no menosprecie al que no come, y el que no come, no juzgue al que come; porque Dios lo ha recibido.

Y nadie puede juzgar al prójimo si cada quien está convencido de proceder con rectitud. Y nadie puede enseñarnos qué es recto y qué no, ya que esa certidumbre está en nuestro corazón y nadie más que Dios sabe si hace bien o mal.

14:4. ¿Tú quién eres, que juzgas al criado ajeno? Para su propio señor está en pie, o cae; pero estará firme, porque poderoso es el Señor para hacerle estar firme.

14:5. Uno hace diferencia entre día y día; otro juzga iguales todos los días. Cada uno esté plenamente convencido en su propia mente.

Así es como deberíamos vivir y, confío, así vivirá el hombre algún día: sin atarse a ley y sólo de acuerdo con lo que le dicta la propia conciencia. ¿Acaso parece una herejía lo que digo? ¿Cómo habrían de juzgarme los doctores de la Iglesia si afirmara yo que no necesito que Sus Excelencias me indiquen qué es lo bueno y qué es lo malo? No dudo que hubiesen enviado a la hoguera al mismísimo Pablo al afirmar el santo Apóstol que:

14:13. Así que, ya no nos juzguemos más los unos a los otros, sino más bien decidid no poner tropiezo u ocasión de caer al hermano.

14:14. Yo sé, y confío en el Señor Jesús, que nada es inmundo en sí mismo; mas para el que piensa que algo es inmundo, para él lo es.

Aurelio, os lo digo por si vuestro corazón alberga alguna duda: os amo tanto como el día que os me entregué en cuerpo y alma. Y no lo considero inmundo. En lo más profundo de mí, sé que mi amor es lo más puro que guarda mi corazón. Si pensáis en vuestro fuero más íntimo que mi recuerdo os resulta repulsivo, nunca más habré de escribiros. Pero tengo la certeza de que no es así.

28

El duque no se atrevía a tocar el papel en cuya superficie había aparecido milagrosamente el rostro de Jesucristo. Se postró a los pies de la mesa, se persignó tres veces y elevó la mirada hacia las alturas como buscando una explicación.

—Gracias, Señor —repetía una y otra vez de rodillas sobre el suelo sin poder terminar de creer lo que había sucedido.

Pero de pronto sintió miedo. Geoffroy de Charny tuvo la inquietante sospecha de que, quizás, había perdido definitivamente la razón. Se dijo que, tal vez, la fatiga causada por tantas noches de desvelo, el hecho de no pensar en otra cosa más que en sudarios, mantos, pañuelos y toda clase de imágenes milagrosas, habían acabado con su cordura y estaba sufriendo alucinaciones. Volvió a mirar el papel y allí estaba, en efecto, la perfecta imagen del Salvador. Aunque "perfecta" no era el término que mejor se adecuaba. Había algo extraño que no se ajustaba a las imágenes convencionales y que le confería un carácter sobrenatural, pero el duque no alcanzaba a comprender qué era exactamente. Entonces Geoffroy de Charny levantó el papel y casi muere de la decepción. Tan proclive estaba su espíritu a que se produjera el milagro de la impresión del Divino Rostro, que no se había percatado de su propio truco. Al ver la gran moneda que había quedado debajo del papel comprendió todo. La imagen que estaba en la hoja se había formado por efecto de la involuntaria frotación del carboncillo sobre el papel. El duque no se había dado cuenta de que debajo de la hoja estaba el *solidus* de oro que había servido de sello, como si se tratara de un grabado pero a la inversa. La moneda había obrado de virtual bajorrelieve que, ante la presión que ejerció el carbón sobre el papel, dejó impresa la figura del Pantocrator del *solidus*. Primero sintió desilusión al descubrir que no se trataba de un milagro; sin embargo, al examinar nuevamente la imagen, se dijo que, pese a todo, ese dibujo presentaba varios puntos interesantes. La extrañeza que causaba aquel rostro radicaba en que, a diferencia de los retratos usuales, toda la figura presentaba un tono uniforme igual al color del carbón, pero lo que debía aparecer en negro se veía en blanco y a la inversa. Aquella característica le confería una rara distorsión que bien podía ajustarse a la nada natural apariencia que presentaría un milagro. Entonces volvió a invadirlo la euforia: si esa imagen había conseguido engañar a sus ojos suspicaces y hacerle creer que se trataba de un hecho divino, entonces, un pintor que empleara esa misma técnica con arte, destreza y oficio lograría embaucar al ojo más avezado y al espíritu más escéptico.

Un viento caliente entró por el ventanuco del ático e hizo vacilar el fuego del candil que iluminaba el rostro desvelado de Geoffroy de Charny. El anuncio de la tormenta en ciernes sacó al duque de sus gratas ensoñaciones. Era noche cerrada. Tanto trabajo había tenido su recompensa: ya había descubierto qué apariencia iba a tener el Cristo de su sudario. La figura del Pantocrator de la moneda grabado accidentalmente sobre el papel daba un efecto deslumbrante. Ahora un artista debía reproducir esa imagen a tamaño natural; sólo eran necesarios una tela y, por cierto, un modelo que sustituyera el *solidus*. Lo primero lo había conseguido en una tienda de telas de Venecia. En cuanto a lo segundo, ya se le ocurriría cómo y dónde procurarlo.

Geoffroy de Charny se durmió en la convicción de que Dios estaba de su lado: si la imagen grabada en el papel no era un milagro, se trataba, por lo menos, de una revelación.

29

TROYES, 1348

De la relación epistolar de Christine con Aurelio surgió
una vasta e inesperada obra literaria, no sólo compuesta por
la cartas que llegaban a destino. Christine llegó a acumular
centenares de cartas que jamás había enviado a Aurelio. Sin
proponérselo, e incluso a pesar de ella, esos apuntes se convirtieron en un libro o, para ser más preciso, en dos, aunque ella misma lo ignorara al principio. Luego de escribir
durante casi toda la noche, cerca de la madrugada, Christine se llegaba hasta la biblioteca y ocultaba el resultado de
su trabajo en uno de los anaqueles más altos, disimulando
sus manuscritos entre todos los demás. Cierta vez, creyó notar que los papeles no estaban en el orden en que ella los
había dejado. Pero pensó que tal vez no fuese más que una
percepción equivocada, producto del cansancio. Por otra
parte, se dijo, si todavía no había sufrido ninguna consecuencia, eso significaba que la abadesa no estaba enterada
de sus heréticos escritos. No le otorgó ninguna importancia a su impresión, hasta que volvió a suceder; una vez más,

tuvo la incierta sensación de que algo no estaba en su lugar o, si lo estaba, era porque alguien lo había acomodado para que pareciera intacto. El primer impulso de Christine fue sacar inmediatamente los escritos de ese lugar y buscarles otro escondite. Pero luego se dijo que si alguien los había estado leyendo, aunque los escondiera en otro sitio, de todos modos estaba en serios problemas. Tenía que saber si ojos indiscretos habían descubierto su peligroso secreto o si todo aquello no era más que una sospecha infundada. De modo que a la madrugada siguiente, luego de escribir como de costumbre durante la noche, agregó las nuevas hojas y colocó entre las páginas un hilo delgado y un cabello. Ahora restaba esperar. Por otra parte, no notaba ningún cambio en el trato hacia ella por parte de la Madre Michelle. Christine solía tener poca familiaridad con sus hermanas, pero ese día creyó percibir una actitud esquiva por parte de algunas de ellas, como si evitaran mirarla a los ojos o intercambiar palabra. Tuvo miedo. Esperó la noche con impaciencia y, a la vez, con un contradictorio anhelo de que no terminara el día. Luego de la cena se retiró a su claustro. Quiso escribir como siempre, pero la inquietud hacía que sus manos temblaran y su cabeza no pudiese concentrarse en una sola idea. Iba y venía de aquí para allá por su diminuto cuarto como una fiera enjaulada y el tiempo parecía negarse a pasar. Intentó dormir, pero el corazón le latía con tal fuerza que era como si alguien la estuviese zarandeando constantemente para que no pudiese conciliar el sueño. Cuando por fin llegó la madrugada, apuró sus pasos subrepticios hasta la biblioteca. Primero se asomó cautamente y, como no vio a nadie, entró. Miró en el anaquel y allí pudo ver sus manuscritos. Realmente costaba diferenciarlos de todos los demás y no era fácil acceder hasta ahí. Entonces se dijo que su preocupación no tenía sentido. Con una súbita tranquilidad colocó la escalerilla y subió hasta las penumbrosas alturas cercanas al techo. Cuando tuvo los papeles al alcance de la mano, pudo comprobar con pánico que el hilo y el cabello ya no estaban allí.

Durante los días siguientes intentó indagar quién podía ser la que hurgaba en sus papeles, rogando que no fuese la superiora. Entablaba conversaciones más o menos triviales con las demás para tantear quién podía estar al tanto de sus cartas, pero nadie daba señal alguna. Entonces, una noche decidió esconderse en la biblioteca para sorprender a la intrusa. En el triángulo que se formaba bajo la escalera había un pequeño desván donde se guardaban escobas y enseres de limpieza. Allí dentro se encerró, espiando por el resquicio de dos maderas de la puerta, esperando a que llegara la que, con la furtividad de una rata, curioseaba sus cartas. Tuvo que adoptar una posición decididamente incómoda para amoldar su esbelta humanidad en aquel pequeño triángulo. A medida que pasaba el tiempo esa postura se convirtió en un verdadero tormento: la espalda, que buscaba acomodarse a la forma oblicua del ángulo de la escalera, le dolía de tal modo que la respiración se tornaba dificultosa; las pantorrillas, que debían soportar el peso desequilibrado del resto del cuerpo, se le acalambraban hasta sacarle lágrimas. En el mismo momento en que estaba por desistir de su propósito a causa del suplicio, escuchó cómo chirriaban las bisagras de la puerta de la biblioteca; el corazón de Christine dio un vuelco en el pecho. Pudo oír los pasos de la recién llegada y ver su silueta, pero no llegaba a distinguir su rostro oculto bajo la toca. A través del resquicio de la puerta, Christine observó cómo la religiosa acomodaba la escalera y subía hasta el estante donde estaban sus manuscritos. Una vez que alcanzó los papeles, bajó con ellos y se sentó a la mesa. Así se quedó, con los dedos cruzados, el manuscrito delante de sí, y la mirada perdida en un punto impreciso situado en el techo. Christine comprobó con asombro que la hermana, cuyo rostro no llegaba a discernir, no estaba leyendo. A punto de caer sobre sus propias rodillas, vencida por el dolor que le producía esa posición, oculta como estaba bajo la escalera, Christine intentaba acomodar su cuerpo evitando hacer algún ruido que pudiera delatarla cuando, de pronto, oyó que la puerta volvía a abrirse. Con sorpresa, vio que entró otra hermana y se sentó junto a la anterior. Las dos miraban en silencio los papeles sin leerlos.

Christine no conseguía explicarse aquella extraña situación. Buscaba encontrar una respuesta; en ese momento se abrió la puerta por tercera vez: ahora eran tres las novicias que ingresaban y se sentaban, también, alrededor del manuscrito. No terminó de cerrarse la puerta, cuando entraron sigilosamente, una tras otra, cinco hermanas más. Christine temió que aquello fuese una suerte de juicio sumario *in absentia* a su persona a causa de su obra. Sintió pánico ante lo que parecía un femenino tribunal inquisitorial. De pronto el silencio se rompió cuando una de ellas, la que ocupaba la cabecera, comenzó a leer los secretos escritos de Christine. Leía en un susurro y bajo la tenue luz de una vela, como si fuese aquel un acto clandestino. Las demás escuchaban con suma atención. Las piernas de Christine flaquearon, ya no a consecuencia de la imposible posición que debía adoptar, sino al escuchar de labios ajenos el contenido de aquellas líneas que osaban poner en duda la férrea educación del convento. Hacer extensiva la premisa del amor cristiano hacia el prójimo, no sólo como entidad puramente espiritual, sino, además, provisto de un cuerpo consustancial al alma, tal como podía deducirse de la doctrina de la resurrección de los muertos, objetaba los preceptos que día a día escuchaban de boca de la abadesa. Aunque la madre superiora contradijera sus enseñanzas con sus ardorosas ceremonias de exorcismo, expulsando los demonios haciéndolos arder en la hoguera del deleite de la carne, jamás iba a tolerar una defensa doctrinaria de la sensualidad. Pero cuando los ojos de Christine se acostumbraron a la penumbra, pudo advertir que la Madre Michelle no estaba presente en la lectura pública de sus manuscritos. Con enorme vergüenza, escuchó cómo ventilaban su secreto romance con Aurelio y de qué forma eran expuestas sus descarnadas confesiones de amor. Pero para su completo estupor, vio cómo, durante la lectura de los pasajes más íntimos y conmovedores, la mayoría lloraba de emoción. Y también creyó percibir que, en aquellos fragmentos en los que ponía en duda la autoridad de la jerarquía eclesiástica acusándola de proceder como los aristócratas, en contraste con la austera persona de Jesús, sus hermanas asentían con decisión. Lo mismo sucedía cada vez que la hermana leía los pasajes en los cuales se señalaba de qué forma la llegada de Cristo significaba la ruptura con la ley, mientras que la Iglesia se había erigido como la rectora absoluta del derecho y, asociada al poder monárquico, le ofrecía a éste su derecho canónico, como si estos dos últimos términos no fuesen antagónicos. Y, siendo que ni los camellos ni las agujas habían variado sus dimensiones desde la época en la que predicaba Jesús, no había razón para que los purpurados dejaran de condenar la riqueza y hubiesen abandonado por completo a los pobres.

Sin comprender todavía cuál era el sentido de aquella reunión en la que se examinaba en público lo que ella escribía en privado, Christine no soportó más los dolores que le causaba la postura dentro de aquel diminuto triángulo y, súbitamente, perdió el equilibrio; para espanto de sus compañeras, las puertas del pequeño desván bajo la escalera se abrieron de par en par y vieron cómo la autora de las sacrílegas páginas que estaban leyendo se desplomaba en el centro del salón. Cuando Christine se puso de pie, notó que las hermanas la miraban con pavor. Tardó en comprender que eran ellas las que se sintieron sorprendidas en infracción, cuando una de ellas se echó a su pies y, con un tono suplicante, le dijo:

—Mi señora, perdona nuestra impertinencia, pero tus escritos son la más alta enseñanza junto con los Evangelios.

Otra juntó sus manos por delante del rostro y como quien le hablara a una eminencia, le imploró:

—Somos tus siervas, por favor no nos denuncies ante la Madre Superiora.

El desconcierto de Christine era tal que no podía articular una sola palabra.

Desde aquella noche Christine se convirtió, a su pesar, en una suerte de guía espiritual de aquel puñado de hermanas que la idolatraban en secreto. Pronto se formó una suerte de cofradía clandestina que habría de producir, en poco tiempo, un verdadero cisma en el convento. Aprovechando el eslabón que se había creado entre el beaterio y la abadía a partir del delgado lazo epistolar entre Christine y Aurelio, poco a poco se creó un puente cada vez más sólido entre los dos monasterios: ya no sólo se escribían entre ellos dos, sino que las novicias y los monjes más jóvenes siguieron el mismo ejemplo. Ambos edificios estaban tan próximos el uno del otro y, sin embargo, hasta ese momento, parecían dos universos aislados. Pero a partir de ese encuentro, sus habitantes se sintieron cercanos, no sólo espiritualmente, sino que percibieron de pronto su proximidad física. El intercambio de impresiones y experiencias intramuros de unas y otros les hicieron ver que estaban malgastando sus días presos dentro de aquellas paredes, que sus destinos estaban regidos por verdaderos pederastas, por lobos con ropas de pastores. Las cartas estaban llenas de dudas y algunas certezas, cargadas de indignación pero también de una profunda ternura. Sobre las líneas de aquella correspondencia nacieron epistolares romances, se escribían poesías repletas de amor y también de adolescente sensualidad.

La rebelión de los jóvenes frailes y las novicias habría de estallar más pronto de lo que ellos mismos imaginaban.

SEGUNDA PARTE

Villaviciosa

I
Éxodo

1

TROYES, 1348

Christine y Aurelio volvieron a encontrarse. Como generales de diferentes divisiones de un mismo ejército, una y otro encabezaban sus respectivas legiones; Christine, montada sobre un alazán, vestida con su hábito pero con la capucha echada sobre los hombros, la cabeza descubierta y el pelo al viento, estaba al frente de una veintena de novicias que habían decidido huir junto a ella. Aurelio se acercaba a todo galope por el sendero que delimitaba los campos pertenecientes al convento. Detrás de la nube de polvo que levantaba su caballo lo seguía una docena de hombres, en su mayoría jóvenes monjes. Aurelio se detuvo a poca distancia de Christine. Se contemplaron en silencio hasta que él se apeó, caminó lentamente hacia ella y, extendiendo una mano, la invitó a que desmontara. Así lo hizo, sin despegar un segundo sus ojos de los de Aurelio. Frente a frente, sin pronunciar palabra, se dijeron con la mirada todo lo que hubiesen querido decirse durante aquellos dos largos e interminables años hasta que, por fin, se fundieron en un abrazo. Christine no pudo evitar un llanto ahogado que fue la eclosión de una cantidad de sentimientos largamente contenidos: el amor desatado en su estado más elemental, la emoción épica de la victoria, el sufrimiento guardado durante tanto tiempo, convertido ahora en una felicidad que la desbordaba, las ansias de libertad de cara al futuro y un estremecimiento hecho de impresiones antagónicas e indecibles. Hombres y mujeres miraban la escena conmovidos, a la vez que se examinaban unos y otras contagiados por ese sentimiento que fundía los cuerpos de Christine y Aurelio. Pero el tiempo apremiaba. Entonces todos se mezclaron hasta convertirse en un solo y compacto grupo y emprendieron la marcha hacia el poniente.

Fue una largo y peligroso éxodo hacia tierras españolas. Contaban apenas con unas pocas horas de ventaja sobre las tropas oficiales que salieron a perseguirlos, dispuestos a capturarlos vivos o muertos. Cuando el prior de la abadía, el padre Alphonse, descubrió por la madrugada la ausencia de trece de sus religiosos, tardó en comprender que se trataba de una fuga. Pero su sorpresa fue mayúscula cuando supo que del convento también se había escapado una veintena de novicias. Antes de emprender la huida, el grupo de hombres y mujeres se detuvo sobre la cima de una colina. Allí, con las primeras luces del alba, contemplaron por última vez la ciudad. Miraban azorados cuán próximos estaban ambos conventos. De hecho, desde aquella perspectiva, se confundían las agujas de las torretas de los edificios, fundidos en un único contorno. Les costaba creer que, estando tan cerca, habían permanecido tan lejos durante tanto tiempo. Dieron una última mirada sobre los rojos tejados de Troyes y luego de la silenciosa despedida de la ciudad, retomaron la marcha por la angosta huella que serpenteaba el cerro.

Los prófugos dejaron tras de sí una extensa estela de habladurías. Para colmar la indignación del abad, llegaron los testimonios de los campesinos que decían haber visto cómo se unían en demoníaca horda para huir todos juntos. Estas primeras versiones se fueron acrecentando en número y haciéndose más frondosas en imaginación: pronto aparecieron testigos que aseguraban cómo, al encontrarse ambos grupos, mezclaron sus cuerpos desnudos y, tendidos sobre la hierba, fornicaban de a pares, de a tríos, de a montones, sin importar género ni edad y hasta hubo quienes aseguraron que el mismísimo Demonio presidía la orgiástica escena. La abadesa, por su parte, lamentaba secretamente que fuesen las religiosas más jóvenes y bellas, aquellas que más placeres le daban durante las ceremonias de éxtasis místicos, las que decidieran huir. Sentía un despecho semejante al que padecería una amante abandonada y se dejó ganar por un odio proporcional a su rencor. De modo que la Madre Michelle no dudó en prestar su acuerdo junto al prior para que a los desertores les fuera aplicado el más ejemplificador de los castigos. Además de las tropas, se organizaron grupos de campesinos que, armados de tridentes, hoces, guadañas y palos salieron a cazar a los herejes. Cuando supo lo que había sucedido, el propio Geoffroy de Charny repartió armas entre los hombres que trabajaban en sus tierras y encabezó la banda para dar caza a su hija. Organizó otro grupo comandado por su hijo y les dio una orden terminante si acaso la encontraran:

—Mátenla.

El duque se arrepintió de no haberlo hecho antes él mismo con la potestad que le otorgaba la ley. Christine ya le había ocasionado demasiados trastornos, pero que osara dirigir una revuelta y fuga de monjas en el beaterio era un hecho que, ciertamente, no ayudaba a su noble propósito de construir una iglesia. Estaba dispuesto a matarla con sus propias manos para sacrificarla ante la autoridad eclesiástica y, de ese modo, limpiar su ilustre apellido.

Los prófugos sabían que nos les sería fácil la marcha en territorio galo. Convertido en un Moisés que guiara a los suyos a través del desierto de incomprensión y hostilidad en que se había transformado Francia, Aurelio avanzaba a tientas rogando que no fuesen interceptados. Pero, a diferencia de los hebreos huyendo de Egipto, los prófugos de los monasterios no sólo no tenían a Dios de su lado, sino que lo tenían en contra; tampoco contaba Aurelio con el poder que le otorgara Jehová a Moisés: no podía convertir las varas en culebras, ni los ríos en sangre; no podía echar plagas de ranas ni de piojos sobre sus perseguidores, ni aniquilar sus animales; no tenía el poder para llagar la piel de sus enemigos con úlceras, ni condenarlos a temporales de granizo o al azote de las langostas o al acoso de la tinieblas. Aurelio, Christine y sus pocos seguidores, no tenían siquiera el número suficiente de hombres para poder enfrentar un eventual ataque. Contaban con escasos víveres, apenas algunos animales que pudieron llevar con ellos, cabras y ovejas, y debían dormir al sereno, ya que no tenían cueros para armar tiendas; apenas unos rústicos toldos improvisados con tela para protegerse de las lluvias. Durante aquel penoso éxodo, no solamente carecían de levadura para leudar el pan, sino que ni siquiera tenían harina para hacer pan ácimo como los hijos de Israel en el desierto. Y a diferencia del pueblo judío, no los guiaba Jehová durante el día como una columna de nube, ni durante la noche como una columna de fuego; y no fue preciso que Dios endureciera el corazón del prior ni de la abadesa como lo hiciera con el Faraón porque ya tenían el corazón endurecido y estaban sedientos de venganza; y no fue necesario que enviaran por ellos a seiscientos carros elegidos y a todos los capitanes, ni toda la caballería y todos los ejércitos como lo hiciese el Faraón, porque eran pocos y, en su mayoría, mujeres.

Y cuando las tropas se hubieron acercado, los prófugos alzaron sus ojos, y he aquí que los caballos y sus jinetes venían tras ellos; por lo que los temieron en gran manera, y clamaron a Jehová.

Y dijeron los hombres a Aurelio como dijeran a Moisés: ¿No había sepulcros en el monasterio, que nos has sacado para que muramos de esta forma?

Y dijeron las mujeres a Christine: ¿Por qué has hecho así con nosotras, que nos has sacado del convento?

Y Aurelio hubiese querido hablar a sus hombres con las palabras que Moisés dijo al pueblo de Israel en el desierto: No temáis; estad firmes, y ved la salvación que Jehová hará hoy con vosotros; pero no tenía una sola palabra para pronunciar en su favor.

Y Christine hubiese querido decir a la suyas: Jehová peleará por vosotros, y vosotros estaréis tranquilos; pero tampoco ella tenía una sola palabra para pronunciar en su favor.

Y estando al borde del río Gave acechados por las tropas, Aurelio extendió su mano esperando que Jehová hiciera que el río se retirase y lo volviera en seco, y las aguas quedaran divididas. Pero el río no se movió.

Y Aurelio y Christine deseaban que todos ellos entraran por en medio del río, en seco, teniendo las aguas como muro a su derecha y a su izquierda. Pero las aguas estaban calmas sobre su cauce.

Y viendo a los ejércitos tras ellos, Aurelio extendió su mano, para que las aguas se volvieran sobre los que los perseguían, sobre sus carros, y sobre su caballería. Pero las aguas no le obedecieron.

Y entonces Christine hubiese querido extender su mano sobre el río, y que éste se volviera en toda su fuerza, y los ejércitos al huir se encontraran con el río; y que Jehová los derribara en medio del río. Pero las aguas yacían calmas.

Y dijo Aurelio que se volvieran las aguas, y cubrieran los carros y la caballería, y todo el ejército que había entrado tras ellos en el río; y que no quedara de ellos ni uno. Pero el río no lo escuchó.

Y deseó que pudieran ir por en medio del río, en seco, teniendo las aguas por muro a su derecha y a su izquierda. Pero las aguas estaban planas y tranquilas.

Y rogó que así los salvara Jehová aquel día; y hubiesen querido ver a los ejércitos que los perseguían muertos a la orilla del río.

Pero Aurelio no era Moisés, ni Christine era Aarón, ni ese grupo de hombres y mujeres que los seguía era el pueblo elegido, ni el río Gave era el Mar Rojo, ni Jehová era Jehová porque no tenían Dios alguno que los amparase.

Encerrados entre el río Gave y las tropas, Aurelio, Christine y toda su gente se resignaron a esperar la muerte antes de que pudiesen llegar a tierra española que estaba al otro lado del río.

2

Mirándose frente a frente, las tropas armadas de un lado y el indefenso y exhausto grupo de prófugos del otro, el sangriento desenlace parecía inevitable. Sin embargo, Christine pudo advertir un gesto de inquietud en el adalid, que se hacía extensivo a todos sus hombres. Creyó ver un ligero temblor en el pulso del brazo en alto que sostenía la espada y no se decidía a bajarla para dar la orden de ataque. Y ese miedo tenía un fundamento: tanto fue el empeño del abad por convencer a los soldados de que aquellos desertores eran la legión del Demonio, tantas eran las versiones de los que afirmaban haber sido testigos de las perversas orgías a las que se entregaban, tan numerosos fueron los relatos sobre los diabólicos aquelarres nocturnos, que los perseguidores finalmente acabaron por convencerse. Los ejércitos solían estar preparados para combatir con el enemigo más feroz y despiadado, pero eran pocos los que se atrevían a enfrentar cara a cara al mismísimo Belcebú. Christine adivinó que los temían cuando pudo distinguir a un soldado santiguándose. Entonces supo que no estaban desarmados ni desamparados. Si no era con la ayuda de Jehová, como la que habían recibido los judíos para atravesar el mar Rojo, lo harían con el auxilio de Satanás. Acorralados contra el río Gave, Christine apeló a sus compañeras y, sin mirarlas, las instó en un susurro a que la imitaran en todo lo que hiciera; entonces se rasgó las ropas y con una mirada maligna desnudó sus pechos desafiando a los soldados. El resto de las mujeres hicieron lo mismo, a la vez que lanzaban unos alaridos semejantes a los que proferían durante los estados de éxtasis místicos en el convento. Los hombres solían temer a la mujeres, temor que, habitualmente, se disfrazaba como desprecio; y nada era más temido que la horripilante figura de las brujas. Aquel grupo de hembras que mostraban los dientes como lobos y exhibían sus cuerpos desnudos, tal como acostumbraba presentarse Satanás, era una imagen aterradora. Los soldados estaban paralizados y no atinaban a atacar, pero tampoco a replegarse. Aurelio aprovechó el desconcierto de las tropas para deslizarse tras un peñón y alcanzó unos matorrales. Pudo escurrirse con agilidad y por fin consiguió llegar, sin que lo vieran, hasta la retaguardia de los soldados, trepándose sobre una roca. Mientras las mujeres gritaban y se movían desnudas como animales en cautiverio, Aurelio abrió sus brazos de par en par y, asumiendo el gesto del crucificado, dijo:

—Hijos míos, he regresado. La hora final ha llegado. Pronto habrán de sonar las trompetas y los muertos se levantarán de sus sepulcros.

Los soldados giraron sus cabezas y pudieron ver a Jesucristo de pie sobre el farallón. Entonces pasaron del miedo al pánico y se postraron frente al Mesías que había vuelto al mundo para anunciar el juicio final. Ahora todo cobraba sentido para ellos: estaban frente a la última de todas las batallas, la del hijo de Dios contra las huestes de Satanás.

—Nada tenéis que hacer aquí, no os interpongáis ante el inmundo —dijo Aurelio ahora enérgico y, antes de que pudiera pronunciar la última palabra, los soldados huyeron tan rápido como pudieron.

Aquel exiguo pueblo de Israel compuesto por una treintena de hombres y mujeres, pudo ver cómo las huestes del prior se alejaban derrotadas como los ejércitos del faraón.

Al otro lado del angosto mar Rojo, a un paso, estaba ahora España esperándolos como si fuese la tierra prometida.

Sin dificultades alcanzaron, por fin, la otra orilla del río Gave.

II

La civilización del amor

1

ASTURIAS, ESPAÑA, 1348

El grupo de hombres y mujeres liderado por Aurelio y Christine llegaron por fin a la pequeña villa de Velayo, en Asturias. El poblado estaba situado en un valle fértil, abierto y frondoso, bañado por las mansas aguas del río Viacaba. A pesar de la fatiga, el hambre y todos los rigores y las adversidades del penoso viaje, no bien pisaron el suelo de Velayo se sintieron inmensamente felices. La brisa suave y tibia, el cielo diáfano y las praderas extensas y hospitalarias les insuflaron un ánimo nuevo. Los campos sembrados hasta las laderas de las colinas bajas y sinuosas eran una promesa de abundancia y prosperidad. Los campesinos hacían la siega con una alegría que contrastaba con la hosca resignación de los aldeanos de Troyes. Las casas del pueblo eran blancas y sencillas y albergaban a gentes del campo y también del mar, agricultores y pescadores, ya que la villa estaba abrazada por el río que desembocaba en las costas del Cantábrico. Aurelio desplegó el mapa y, mirando en derredor, tardó en comprender que el castillo que dominaba el valle encumbrado sobre una colina era el suyo. Era una construcción de piedra erigida en dos alas simétricas y coronada por una torreta circular. El cerro sobre el cual se afirmaba y todas las tierras que lo circundaban, desde el río hasta un monte espeso, constituían la totalidad de la finca. Aurelio tomó posesión de su herencia presentando los documentos de propiedad ante el conde de Gijón, don Alonso, hijo bastardo de Enrique II, dueño de la mayor parte de las tierras y virtual gobernador del naciente poblado. Acostumbrados todos a la introvertida existencia que llevaban unas en el convento y otros en la abadía, habituados a la vida religiosa, el grupo ocupó el castillo y dispuso de los ámbitos como si se tratase de un monasterio laico. La división de las tareas se organizó según las habilidades de cada quien. Cierto era que los varones, forjados en el arduo trabajo de la contemplación, no sabían hacer otra cosa más que entregarse al quietismo. Durante los primeros tiempos las mujeres debían ocuparse de casi todas las labores: encender y mantener el fuego para cocinar y dar calor al hogar, coser, tejer y bordar, hacer la ropa, lavarla y conservarla. También debían moler los granos, hacer la harina y amasar el pan. Las tierras de Asturias eran ricas en manzanas y no tanto en vid, de modo que pronto las mujeres aprendieron a fabricar sidra como antes hacían vino. Pero a instancias de Aurelio, quien tanto padecía en el monasterio la holgaza disfrazada de misticismo, poco a poco los hombres comenzaron a asumir algunas tareas: cortar y almacenar la leña, mantener el buen funcionamiento de las bisagras y las carpinterías, aprendieron algunos rudimentos de herrería y a cortar y coser el cuero para fabricar calzado.

Las mujeres, por su parte, se encargaban de elaborar todo lo relativo a la leche, salvo la producción de los quesos que correspondía a los hombres. Pero por cierto, los trabajos verdaderamente arduos los hacían los campesinos que vivían en las modestas casas de las tierras pertenecientes al feudo: el arado, la siembra, la cosecha, la siega del heno y el cuidado de los sembradíos; el ordeñe, el pastoreo del ganado, la cría de animales de corral, la esquila y la producción de lana. De hecho, durante los primeros tiempos, mantenían este régimen feudal que pronto habrían de abandonar y reemplazarlo por otro completamente novedoso. Pero lo más notable era el vínculo que unía a los miembros de aquella curiosa comunidad. Si en las casas religiosas de las que provenían, los hombres por un lado y las mujeres por otro, estaban unidos entre sí por el amor que le profesaban a Cristo, en su nuevo ámbito laico estaban hermanados sólo por el amor que se tenían unos a otros. Por otra parte, la vida en los claustros estaba regida por una firme verticalidad, un orden jerárquico inviolable, cuya cabeza era la figura del abad o la abadesa que mandaban sobre sus subordinados. En el castillo de Velayo, en cambio, no existían los escalafones, no había pastores ni borregos, cada quien hacía lo que le dictaba su buena conciencia y tendían a una verdadera sociedad paulista sin leyes, porque donde no había maldad no hacía falta la ley. Al principio les costaba despojarse de su férrea formación; hombres y mujeres habitaban en diferentes alas de palacio. Pero pronto este rígido límite se fue fundiendo hasta que cohabitaron según era su deseo. Aurelio y Christine se amaban con un amor transparente y puro, despojado de cualquier contrato o atadura a la ley; estaban tan genuinamente unidos por el dictado de sus corazones que no era precisa ninguna instancia contractual. Solían dormir en el cuarto más alto del castillo, desde donde se contemplaba el valle bañado por el río y se escuchaba el sonido del mar. Pronto cundió el ejemplo y los hombres y las mujeres se fueron apareando, hermanando cada vez más, haciéndose y deshaciéndose romances, matrimonios indisolubles o que duraban lo que una noche. Todos eran dueños de todo porque todo se compartía: el techo y la comida, la ignorancia para convertirla en saber, y el saber para que no se trasformara en soberbia; se compartía la leña y el fuego y también el frío para trocarlo en calor; se compartía el dinero y la escasez, el temor para convertirlo en valentía y la valentía para que no se convirtiera en arrogancia. Fieles a la letra de Pablo, llevaban su prédica de ruptura con la Ley hasta las últimas consecuencias: no era preciso observar los mandamientos, por cuanto ahora no tenían ningún valor en el rigor de la piedra escrita, sino en el espíritu y en la propia conciencia. Así, en esa pequeña sociedad paulista, todos se atenían al principal de los mandatos que bien podía sustituir al decálogo: *amaros unos a otros; porque el que ama al prójimo, ha cumplido la ley.*

A la luz del libre albedrío, no sólo declamado sino ciertamente practicado, construyeron una sociedad sustentada en el amor verdadero según la palabra de San Pablo: *Así que, ya no nos juzguemos más los unos a los otros, sino más bien decidid no poner tropiezo u ocasión de caer al hermano.*

Y así, procediendo de acuerdo con los dictados del corazón, cohabitaban los hombres junto a las mujeres, compartiendo el trabajo y el descanso, las conversaciones y el silencio, las lecturas y las escrituras, el techo y el lecho. Y en esa armoniosa convivencia se preguntaban por qué extraña razón, hombres y mujeres habían permanecido separados hasta entonces, privándose los unos de las otras y viceversa. Así descubrieron que la abstinencia era la madre de la mayor parte de los males y pecados que acontecían dentro de los claustros. Tan pronto como quebraron la regla de la castidad, desaparecieron los demonios; los íncubos y los súcubos que torturaban a las novicias en el convento se esfumaron para siempre; ahora no era preciso celebrar aquellas tenebrosas ceremonias para espantar a Satanás. Al romperse los diques de la abstinencia y ser poseídas por hombres, no había forma de que a las mujeres las poseyera el Demonio, tal como solía hacerlo en el convento. A los ojos de quienes desconocieran el férreo vínculo de amor que unía a los habitantes del castillo de Velayo, aquella convivencia entre hombres y mujeres les hubiese resultado la más inmunda de las promiscuidades. Pero Aurelio, Christine o cualquiera de sus seguidores les habría contestado con las palabras de San Pablo: *Yo sé, y confío en el Señor Jesús, que nada es inmundo en sí mismo; mas para el que piensa que algo es inmundo, para él lo es.*

Era aquel un mundo perfecto.

2

En el castillo de Velayo no era necesario el establecimiento de ley alguna, porque donde había amor no era preciso que hubiese ley; esta afirmación paulista no nacía de la reflexión teológica, sino de la más pura experiencia. En rigor, a diario podían comprobar que las leyes eran la sustitución del amor cuando este estaba ausente. Tan honda y genuina era esta convicción, que hubiese sido por completo innecesario que ningún Moisés les exhibiera las tablas de la Ley porque las tenían grabadas en el corazón. No deseaban la mujer del prójimo porque las mujeres no tenían propiedad y decidían por sí solas con quién deseaban cohabitar; nadie robaba porque todo era de todos y robar a uno equivalía a robar a la comunidad y, por ende, a sí mismo; santificaban el día sábado de los hebreos y el domingo de los cristianos, porque santificaban por igual todos los días de la semana, ya que el trabajo no era para ellos un castigo sino una bendición; a nadie se le hubiese ocurrido matar, no porque estuviese expresamente prohibido, sino porque no conocían el odio ni mucho menos la saña, ni tenían motivos para hacerlo. No levantaban falso testimonio porque donde no había hipocresía, ni deslealtad, ni prohibición de pensamiento ni de palabra, no había lugar para la mentira y, de hecho, el engaño no tenía sentido alguno. No deseaban los bienes ajenos por la sencilla razón de que no existían los bienes ajenos, por cuanto la propiedad de un individuo era también propiedad de los demás.

El régimen feudal originario, según el cual los campesinos de la alquería perteneciente al castillo trabajaban las tierras quedándose sólo con una pequeña parte de lo producido, lo suficiente apenas para subsistir, fue rápidamente abolido. La mayor parte de los monasterios y conventos mantenía con los campesinos la misma política de los señoríos: el abad era el equivalente al señor feudal y los vasallos trabajaban para él sólo por el techo y la comida. Y así como en los feudos estaban perfectamente diferenciadas las familias nobles de las plebeyas, en las abadías existía una estricta división entre monjes y laicos: las hermandades estaban dadas entre los religiosos y, desde luego, no incluía a los siervos. Aurelio decidió que para que existiera una verdadera hermandad debían comprender también a los campesinos y borrar toda frontera entre el castillo y la alquería. No solamente compartían sus pertenencias entre los moradores de la casa mayor y los de los caseríos, sino que les harían extensivos todos sus principios, pudiéndose mezclar los unos con los otros y teniendo todos los habitantes de la heredad los mismos derechos. Este nuevo sistema produjo una inmediata prosperidad general, las humildes casas en las que vivían las familias campesinas se convirtieron en un poblado floreciente, colorido y alegre; se compartían las misas en la parroquia del castillo y no había un párroco estable: cada quien tomaba la palabra y decía lo que le parecía importante exponer; escuchaba misa quien quería y quien no, no estaba obligado a participar. Las festividades eran colectivas y, de hecho, cada vez encontraban más oportunidades y motivos para festejar.

Aurelio se ganó rápidamente la devoción de todos los moradores de la villa. Si hubiese estado en su voluntad, podría haberse convertido en un hombre poderoso: las multitudes lo adoraban y no habrían vacilado en obedecer cualquier arbitrio o convertirse en soldados de un ejército incondicional. Si Aurelio hubiese sido dueño de un espíritu mesiánico podría haber provocado un movimiento cismático o aún ir más lejos: podría haber malversado su enorme parecido al Nazareno y, usurpando su lugar, sacar provecho de las multitudes. Pero no lo animaba ningún afán de poder ni creía tener atributo alguno por encima de sus semejantes; no se sentía llamado a predicar porque estaba convencido de que no lo adornaba el don de la sabiduría; por otra parte, hacía ingentes esfuerzos para deshacerse de toda certidumbre, ya que encontraba en la duda el camino hacia la verdad. Hasta que por último, renunció a la verdad como bien supremo ante la evidencia de que todas las iniquidades, todas las matanzas e ignominias se hacían, justamente, en nombre de ella. La ausencia de la Verdad como dogma inamovible hacía posible la diversidad de pareceres y, como en las antiguas ágoras griegas, todo podía ser objeto de discusión. Floreció entonces el efímero arte de la conversación: la discusión fecunda o el mero placer de llevar el pensamiento hasta los límites de la lógica y la moral contrastaban con el silencio monacal al que estaban acostumbrados. De modo que, si durante los años que pasó en el monasterio Aurelio aspiraba a ser pastor, ahora que podía disponer de un numeroso rebaño, descubrió que no era digno tratar a sus semejantes como si fuesen simple ganado.

Pero los rumores sobre la nueva comunidad del floreciente poblado de Velayo no tardaron en convertirse en maliciosas habladurías. En los pueblos vecinos comenzó a reemplazarse el nombre de Velayo por el de Villaviciosa; de hecho, ya en 1348 aparecieron los primeros registros donde el nombre oficial del poblado figuraba, en efecto, como Villaviciosa de Asturias. Sin embargo, durante los primeros tiempos no se escucharon reprobaciones demasiado ruidosas sobre la excéntrica colectividad. O si se escuchaban, había quienes se encargaban de silenciar estas protestas; y tenían sus buenas razones para hacerlo: tanta era la prosperidad de la villa desde que llegaron los nuevos moradores del castillo, que el conde de Gijón, don Alonso, nunca antes había conseguido recaudar tanto dinero en concepto de impuestos. Pero no iba a pasar demasiado tiempo para que las crecientes quejas de los poblados cercanos se convirtieran en un escandalizado e incontenible clamor.

3

Christine y Aurelio hacían un matrimonio imperfecto; a diferencia del ideal de la pareja conyugal, según el cual la mujer debía someterse a los sabios designios del hombre, no había una sola decisión que no surgiera del común acuerdo de ambos. Era aquel un matrimonio defectuoso por cuanto su fundamento era el amor y no la caridad con la que el varón debía amparar y guiar a su esposa, como si ella fuese incapaz, obtusa o incompetente para alcanzar a ser alguien por sí sola. Por otra parte, Christine no aportó una dote con la que resarcir el tormento que debían tolerar todos los maridos al verse obligados a convivir con un ser poco menos que despreciable. Era un matrimonio inconcebible porque no estaba destinado a la consagración de la descendencia, dado que el vientre de Christine, luego del más cruel de los despojos al que había sido sometida por su padre, era un territorio devastado e infecundo. Era un matrimonio inadmisible en la medida en que no tenía por propósito la fusión de dos fortunas, sino que, por el contrario, aquella unión significó la división de una herencia en innumerables manos que jamás habían sido dueñas de nada. Era un matrimonio impropio porque no significaba la alianza de dos familias, ya que eran dos almas arrojadas a todos los exilios posibles. Para la autoridad era un matrimonio repugnante, por cuanto estaba fundado no sólo sobre los pilares del amor y la pasión, sino también en los sólidos cimientos de la voluptuosidad, contradiciendo, uno a uno, todos los preceptos que indicaba la Iglesia, según las palabras de San Jerónimo:

Es absolutamente repugnante amar a la esposa de otro hombre, o a la propia en demasía. Un hombre sabio debe amar a su esposa con juicio, no con pasión. El amor del hombre debe gobernar sus impulsos voluptuosos y no precipitarse en relaciones sexuales. Quien ama demasiado ardientemente a su esposa es un adúltero.

Y justamente era esta frase la que mejor describía la convivencia de Aurelio y Christine. No fue, sin embargo, una tarea sencilla para Aurelio despojarse de la pesada armadura que mantenía su cuerpo alejado de las cosas mundanas. Le fue más fácil modificar su rígido universo intelectual fundado en las lecturas de San Agustín que llevar a la práctica aquel nuevo mundo de sensualidad que nacía frente a sus ojos. Descubrió entonces que, si la tarea que se había propuesto Agustín para abandonar el vicio y abrazar la virtud, parecía una epopeya, el camino inverso era aún muchísimo más duro. Era infinitamente más arduo el trabajo de desembarazarse de su antigua moral que el esfuerzo que le había demandado construirla. Tan férrea era la fuerza del dogma, que la razón no alcanzaba a abrirse paso; tan arraigada estaba la fe, que ni siquiera el llamado del instinto conseguía romper la barrera del precepto. San Agustín narraba en sus confesiones el enorme esfuerzo que debía hacer para vencer los fortísimos impulsos de la carne, ya que su sexo parecía comportarse de manera independiente y contraria a su voluntad; en sus Confesiones, decía el santo: "los miembros pudendos se excitan cuando les place, en oposición a la mente que es su dueña, como si estuviesen animados por una voluntad propia". Aurelio se lamentaba igual que el teólogo africano, pero por la razón opuesta: cuando en el lecho marital abrazaba el cuerpo desnudo de Christine, habiendo creído superar cualquier escollo moral, su voluntad pugnaba por entregarse a las más bajas pasiones; sin embargo, su compañero parecía responder a los dictados de abstinencia que había aprendido en el monasterio, negándose a participar del pecado. Se planteaba así la extraña paradoja de que, mientras el espíritu de Aurelio se liberaba de las ataduras de la religión, su sexo se había convertido en un pequeño y castísimo monje que se negaba a asomar la cabeza de la capucha, condenando a su dueño a una existencia de involuntaria virtud. Christine era paciente y, sobre todo, dedicada. El amor infinito que sentía por su marido superaba cualquier obstáculo carnal. Era, además, una mujer sumamente inteligente y pronto comprendió el origen del problema: habida cuenta de la formación agustiniana de Aurelio, era natural suponer que el amor y la sensualidad corrían para él por carriles diferentes: el amor era una prerrogativa del alma, mientras la pasión le pertenecía a la carne. Y, en efecto, mientras más amada se sentía ella por su esposo, en proporción inversa, mucho menor era el deseo que le prodigaba. Y, por el contrario, notaba que en los efímeros momentos en que el pequeño monje se convertía en un durísimo y gran guerrero, volvía de inmediato al reposo cuando ella le dedicaba tiernas palabras de amor. Así, si Aurelio albergaba dos hombres bajo un mismo nombre, Christine se dijo que si también ella conseguía ser dos mujeres en una, habría solucionado el problema: sería una ramera a la hora de compartir la alcoba y la más pura de las esposas el resto del día. Y así fue. Llegaron a ser un matrimonio feliz, pese a lo que podía opinar el poder eclesiástico.

Aurelio y Christine llevaron los principios paulistas incluso a su particular concepto de matrimonio: si el amor entre los semejantes, que había predicado Jesús, estaba destinado a sustituir la coacción de las leyes, el matrimonio, como arquetipo de la unión más elemental, debía estar fundado sin duda alguna en el amor y no en la ley. Si, tal como hizo notar San Pablo, la llegada de Cristo implicaba la ruptura con todos los ritos legales tales como la circuncisión, el ayuno, la observancia del Shabbat, la Pascua, etcétera, con más razón aún, esta renuncia a la ley debía hacerse extensiva al contrato marital: ¿acaso no era un insulto al amor mancharlo con un convenio como el que se firmaba entre enemigos? ¿Tan dudoso era el fundamento que llevaba a dos personas a unirse hasta que la muerte los separara que había que jurarlo ante Dios, refrendarlo ante la Ley y rubricarlo en un contrato?

La mutua confianza y el amor incondicional tornaban inútil y hasta ofensiva la celebración de un contrato. En rigor, podía afirmarse que Aurelio y Christine eran más paulistas que Pablo: desde luego que no podían soslayar todas las afirmaciones de San Pablo contrarias a la unión de los sexos, ni ignorar que él sólo aprobaba el matrimonio por considerarlo la única solución a la concupiscencia. Sin embargo, también resultaba claro que la escisión de la tradición hebrea que produjo el gran judío de Tarso era no sólo de orden teológico, sino, fundamentalmente, de carácter lógico: en un mundo signado por el amor no era necesaria la ley. En cambio, todos los dichos de Pablo en los que condenaba la unión de la carne a favor de la abstinencia, no respondían a lógica alguna sino a la creencia, ciertamente errónea, en la inminencia del Apocalipsis. Él suponía que pertenecía a la generación que habría de presenciar el fin de los tiempos y que la vida en este mundo habría de apagarse para siempre. De otra forma no se entendería por qué razón había que condenar a la humanidad a su extinción evitando la procreación. De modo que Aurelio, Christine y todos sus seguidores, viendo que el fin del mundo era un hecho que no precisaba de una vigilia rigurosa y que Jesús no tenía previsto un retorno perentorio, descubrieron que nada impedía hacer todo lo necesario para traer hijos al mundo y no sentir culpabilidad por el placer que acarreaba semejante tarea. Y en el particular caso de Aurelio y Christine, que no podían engendrar, la unión de sus cuerpos no tenía otro propósito que el de la pura delectación. ¿En qué momento la humanidad había decidido condenar el placer? No era en absoluto casual que el primero de los filósofos cristianos, Orígenes, ofreciera con su ejemplo la solución final para terminar de una vez con el placer, siguiendo la lógica de un pasaje de los Evangelios, en el que Jesús dice a sus discípulos: "si tu mano o tu pie te es ocasión de caer, córtalo y échalo de ti; mejor te es entrar en la vida cojo o manco, que teniendo dos manos o dos pies ser echado en el fuego eterno. Y si tu ojo te es ocasión de caer, sácalo y échalo de ti; mejor te es entrar con un solo ojo en la vida, que teniendo dos ojos ser echado en el infierno de fuego". De acuerdo con tales postulados, quizá sin distinguir entre las parábolas y la realidad, Orígenes, temiendo caer a causa del impulso de la carne, decidió arrancarse los genitales con sus propias manos.

III

La ciudad de los herejes

1

Con el tiempo, hasta los propios moradores del pueblo fueron reemplazando el nombre de Velayo por el de Villaviciosa, mote que habría de convertirse en su denominación oficial, tal como se lo conocería para siempre: Villaviciosa de Asturias. Desde luego que ni Aurelio ni Christine, ni ninguno de los habitantes de la aldea ignoraban que España no era el mejor lugar para fundar una comunidad semejante. Pero, por cierto, no se sentía en la Asturias de aquella época la opresión clerical que reinaba en Francia. La península no era todavía la gran pira inquisitorial en la que se transformaría tiempo después; al contrario, mientras la semilla de la cruenta lucha contra la herejía, nacida en Sicilia en 1223 con la bendición papal y por pedido del emperador Federico II Hohenstaufen, se extendía desde el sur de los reinos de Italia y Francia, en España los obispos diocesanos eran generalmente benévolos. Por otra parte, comparado con otros ámbitos pertenecientes a la propia Iglesia, la comunidad de Velayo hubiese merecido llamarse Villavirtuosa. Por ejemplo, en el siglo X, Arquimbaldo, arzobispo de Sens, era tan afecto a la abadía de San Pedro que decidió expulsar a los monjes y reemplazarlos por un harén de concubinas que instaló en el refectorio, además de albergar a sus halcones y perros de caza en los claustros. El obispo de Lieja, Enrique III, tenía sesenta y cinco hijos bastardos, la mayoría de los cuales fueron engendrados por él en su iglesia. Por otra parte, los oscuros sucesos que acontecían tanto en la abadía como en el monasterio de los que provenían los fundadores de Villaviciosa, nada tenían que envidiar a Sodoma o Gomorra. Pero las murmuraciones sobre el supuesto libertinaje que reinaba en la villa y las lujuriosas costumbres de sus moradores ponían al conde de Gijón en una situación embarazosa: no sabía cuánto tiempo podía durar la bonanza económica a expensas de hacerse cómplice de aquel grupo de herejes desenfrenados. Por otra parte, los consejeros de Don Alonso le señalaban al conde el peligro que representaba que cundiera el ejemplo de Villaviciosa; qué pasaría, se preguntaban, si los poblados vecinos, viendo el florecimiento súbito de Velayo al romperse las fronteras jerárquicas y económicas entre el palacio y la plebe, decidieran derribar también los muros que los separaban de las riquezas de que gozaban —y no producían— los nobles. Era claro que los siervos no podían esperar de sus señores la misma generosidad de Aurelio. Y resultaba mucho más evidente aún que los señores feudales no estaban dispuestos a que sus vasallos vieran en Villaviciosa un modelo a seguir. De modo que el corregidor de Velayo notó que el extraordinario incremento en la recaudación de impuestos que, por regla general, utilizaba en provecho propio, podía volverse en su contra si sus propios feudatarios descubrían que les sería mucho más provechoso establecer un régimen semejante al de Villaviciosa. Los consejeros le hicieron ver que el número de campesinos superaba ampliamente a cualquier ejército y que, convertidos en turba, sería imposible de contener. Definitivamente, la comunidad de Velayo no podía erigirse como un ejemplo o, mejor aun, debía recibir un correctivo ejemplificador. Pero para no convertir a sus habitantes en víctimas había que presentarlos, a los ojos de los poblados vecinos, como las despiadadas huestes de Satanás. El nombre de Villaviciosa y la infinidad de habladurías sin dudas contribuían a los propósitos del conde de Gijón. Bien sabían sus consejeros que no había mejor recurso que blandir el parche del pecado para empuñar las armas en nombre de la ira de Dios y, así, poner las arcas a buen resguardo. Por otra parte, sin saberlo, Don Alonso iba a recibir una ayuda inesperada.

LIREY, FRANCIA, 1349

Al otro lado del río Viacaba, en Lirey, mientras Geoffroy de Charny se desvelaba ideando el sudario de Cristo, llegó a sus oídos la noticia de que su hija estaba en España liderando una congregación de herejes. No lo dudó un instante: de inmediato dispuso de un pequeño aunque bien armado ejército y, como si se tratara de un destino, partió nuevamente rumbo a Asturias. Esta vez estaba decidido a terminar con la fuente de todas sus desgracias, que se resumían en una sola palabra: Christine. No iba a permitir que aquella que había dejado de ser su hija siguiera vilipendiando su noble linaje, su nombre y honor. Si durante años

Geoffroy de Charny había cultivado el mito de su pasado como valiente cruzado, ahora tenía la oportunidad de demostrar que podía comandar un ejército victorioso. Cierto era que no podía compararse la gesta de la conquista de Tierra Santa con la incursión a un pequeño castillo completamente desguarnecido, sin fortificaciones ni ejércitos, como tampoco había parangón entre las aguerridas huestes de Mahoma con aquel pequeño grupo de monjes y novicias que jamás habían empuñado un arma. Pero el duque sabía que traer de regreso a su propia hija y entregarla a las autoridades para que procedieran a ajusticiarla era la mejor forma de probar su infinita lealtad al Altísimo: ¿qué sacrificio mayor podía esperarse de un cristiano ejemplar? Tal vez fuese aquella su última oportunidad para demostrar ante Henri de Poitiers su incondicionalidad y conseguir de este modo el permiso para construir su iglesia en Lirey.

Nuevamente esperanzado, Geoffroy de Charny partió con su armada a librar sus pequeñas cruzadas.

2

ASTURIAS, 1349

El conde de Gijón, Don Alonso, recibió con enorme be-
neplácito al duque llegado de Troyes. Dispuestos a hacer
tronar el escarmiento, establecieron una alianza estratégi-
ca, como si realmente creyeran que iban a arrebatar Jerusalén de las manos de los ejércitos musulmanes. La coalición
de ambas milicias sumaban medio millar de hombres pro-
vistos de sables, lanzas y espadas para enfrentar a un puñado de pacíficos religiosos y campesinos desarmados, en su
gran mayoría mujeres y niños. En la madrugada del 13 de
julio de 1349 entraron en la pequeña alquería de Villaviciosa, tomando por asalto el modesto caserío, saqueando y des-
trozando todo cuanto encontraban a su paso, violando a las
mujeres, asesinando a los hombres y a los niños y prendien-
do fuego a las casas en un acto de misericordia, ya que el
fuego purificaba las almas de los herejes. Tan repentino fue
el ataque, que ni siquiera tuvieron tiempo para huir; algunos pocos intentaron defender a sus familias con hoces y
guadañas, pero la superioridad en armas de los agresores

era tal, que no había forma de detenerlos. Dejando tras de sí un tendal de cadáveres, avanzaron rumbo al castillo para completar la masacre. No hizo falta que superaran el óbice de una fosa infestada de pirañas, ni que se alzaran con escaleras para trepar muros fortificados; no fue necesario que pelearan cuerpo a cuerpo con arqueros encaramados en la cima de las torretas, ni que derribaran los portones con pesados arietes, ya que el castillo estaba abierto a quien quisiera entrar. A su paso, las huestes del conde y el duque mataban sin piedad a quienes se interponían en su frenética carrera. Viendo la facilidad con que llevaban a cabo la heroica gesta, Geoffroy de Charny se puso al frente de las victoriosas milicias. Y mientras atravesaba con su espada a los herejes, buscaba en cada mujer el rostro de su hija. Pero no era el único: Aurelio, aturdido, quería encontrar a Christine, al tiempo que veía caer a sus compañeros uno tras otro. En eso estaba, deambulando desesperado de aquí para allá, resbalando entre la sangre, saltando cuerpos mutilados, cuando el duque lo tuvo a su alcance. Aurelio y Geoffroy de Charny jamás se habían visto las caras. El duque estaba por descargar el filo de la hoja sobre el cuello del marido de su hija cuando, de pronto, Aurelio giró la cabeza sobre su hombro; entonces, al ver el duque ese rostro idéntico al de Jesús, detuvo su mano en el aire. Se quedó absorto mirando a ese Cristo Pantocrator y sus ojos se iluminaron como si acabara de recibir la verdadera Revelación. Al ver la vacilación de su comandante, uno de sus hombres elevó su espada y la descargó con violencia sobre Aurelio; a un ápice estaba de decapitarlo, cuando el duque interpuso su sable entre la espada y el cuello.

—¡No lo maten! —gritó con todas sus fuerzas y ordenó que lo capturaran sin hacerle daño.

Una vez que Aurelio estuvo atado de pies y manos, Geoffroy de Charny se apeó, le dio de beber agua fresca y descubrió una pequeña herida que surcaba su mejilla; entonces le pasó un pañuelo húmedo con suma delicadeza. Viendo que las cuerdas que le ceñían los miembros estaban demasiado ajustadas, las aflojó un poco y limpió las laceraciones. Aurelio no se explicaba por qué razón ese hombre se mostraba tan piadoso con él, después de haber asesinado sin misericordia a sus compañeros. Tan deslumbrado estaba el duque con su hallazgo que, por un momento, olvidó por completo que el verdadero propósito de su empresa era encontrar a su hija. Por su parte, a Aurelio no le importaba en absoluto su suerte: maniatado como estaba, veía la trágica escena y rogaba que Christine hubiese podido escapar. Pero para su completo desconsuelo, la vio surgir entre los caballos que pisoteaban los cuerpos ensangrentados y la miró con ojos de espanto cuando comprobó que corría hacia él. Estaba dispuesta a morir junto a su esposo. Pero ignoraba que su padre no tenía la menor intención de matar a su flamante yerno. Geoffroy de Charny salió de su embeleso al sentir la descarga de golpes de puño sobre su espalda; giró la cabeza por sobre su hombro y allí estaba, entregada y al alcance de su mano, el origen de todas sus desgracias. El duque elevó la mirada al cielo y agradeció a Dios tantas recompensas; se dijo que su cruzada había sido un éxito. Los golpes que le propinaba Christine eran para él un bálsamo que endurecía su piel y lo llenaba de un odio grato. Se dejó golpear hasta que su espíritu se colmó de ese odio y lo rebasó por completo. Así funcionaba el alma de Geoffroy de Charny: el odio era los leños que alimentaban la hoguera de maldad que lo animaba a cada paso. Entonces tomó a Christine por el cuello y comenzó apretar con la fuerza del rencor largamente contenido: oprimía el pescuezo de su hija y lo invadía un goce infinito. Aurelio gritaba con desesperación, al tiempo que intentaba incorporarse sobre sus pies enlazados; en el preciso momento en que consiguió levantarse, uno de sus hombres le descargó un furioso puntapié en pleno rostro, haciendo que un hilo de sangre cayera sobre el barro. Sólo entonces el duque soltó el cuello de su hija y corrió hacia ese Cristo tendido sobre el suelo. Lo alzó entre sus brazos y le preguntó si estaba bien, a la vez que lo reanimaba con unas suaves palmadas en las mejillas. Clavó la vista en el miliciano que había osado lastimar a su joven Salvador y con voz tenue, reposada, le dijo:

—Os di la orden de que no le hiciérais daño.

Terminó de pronunciar estas palabras y, para que no quedaran dudas sobre la obediencia que debían rendirle, Geoffroy de Charny atravesó con su espada el vientre de su propio soldado, que se desplomó junto al cuerpo convulsionado de Christine. Entonces, como si nada hubiese sucedido, el duque tomó a su hija de los cabellos hasta dejarla vertical y volvió al punto en que había interrumpido su tarea: estaba dispuesto a acabar de una vez por todas con la fuente de sus pesares. Aurelio no entendía por qué motivo aquel asesino se había convertido en su guardián, pero se dijo que ese mismo celo protector debía utilizarlo en su favor. Al ver que el rostro de Christine pasaba de un tono pálido a un azul mortuorio y que su cuerpo se movía, exánime, a expensas de los arrebatos de furia del duque, Aurelio, con ambas muñecas enlazadas, recogió del suelo una piedra que tenía una arista afilada como un pedernal y gritó con todas fuerzas:

—¡Soltadla ahora mismo!

Entonces Geoffroy de Charny pudo ver con espanto que su Nazareno empuñaba la piedra contra su propio cuello, lastimando sus venas peligrosamente. Cuando comprobó que un hilo de sangre empezaba a manchar la pequeña roca, se abalanzó sobre él dejando caer nuevamente a Christine.

—No, por favor, no hagas eso —dijo como si de pronto se hubiese transformado en un padre amoroso, a la vez que cubría las heridas con su propia ropa intentando detener la hemorragia.

—Si queréis que conserve mi vida, entonces deberéis velar por la de ella. No sé por qué me protegéis después de haber matado a los míos. Pero si algo le sucede a ella, os aseguro que yo mismo me encargaré de acabar con mi vida.

No fue necesario que Aurelio dijera una palabra más para que el duque ordenara que reanimaran a Christine y que la pusieran a resguardo. Era el armisticio que estaba dispuesto a firmar con tal de que nada arruinara el perfecto modelo vivo que Dios le había enviado para que, finalmente, pudiese fabricar el sudario a imagen y semejanza de Jesucristo.

TERCERA PARTE

El vicario del diablo

I

Las manos de Pilato

1

Lirey, 1349

Christine y Aurelio recordarían hasta el fin de sus días a Villaviciosa como un sueño tan dulce como efímero. La memoria de sus compañeros masacrados era un dolor que no les cabía en el alma; sólo ellos dos sobrevivieron a la matanza y no podían evitar un sentimiento de culpabilidad sin fundamento que, sin embargo, les laceraba la conciencia. Del hermoso poblado abrazado por el río y las colinas sólo quedaron cenizas que finalmente se llevó el viento del Cantábrico. El castillo, que otrora se erigía orgulloso sobre las cerros bajos y sinuosos, era ahora un testigo mudo de la ignominia y fue usurpado por el conde de Gijón. Nada. Del sueño de Villaviciosa no quedó absolutamente nada. Ni siquiera la historia dejó un digno vestigio de aquella breve epopeya.

De vuelta en Francia, Geoffroy de Charny puso prisioneros a Aurelio y a Christine en la inexpugnable torreta de su castillo de Lirey. No podían verse; apenas si se escuchaban el uno al otro cuando intentaban cambiar palabras a través del muro de piedra que los separaba. Aurelio ignoraba cuál era el interés del duque en su persona; no se explicaba qué secreta razón lo llevaba a prodigarle tantos cuidados: su captor había puesto a su disposición un criado que se ocupaba de que no le faltara buena comida y el mejor de los vinos de su propia cosecha. Pero lo que más intrigaba a Aurelio era el afanoso empeño que el duque ponía en cuidar su salud y, sobre todo, su apariencia. De los sangrientos episodios de la toma de Villaviciosa, Aurelio conservaba aún una importante cicatriz mal cerrada que le bajaba desde uno de sus pómulos y le surcaba la mejilla. Todos los días, una vez por la mañana y otra antes del anochecer, Geoffroy de Charny se llegaba hasta la celda de su yerno y, personalmente, se ocupaba de curar el tajo que le había hecho uno de sus hombres de un puntapié. Con sus propias manos lavaba la herida para que no se infectara y luego le ungía un ungüento para que terminara de cauterizar. El pasar de Christine, en cambio, no era tan afortunado, si pudiese aplicarse este último término al destino de Aurelio: permanecía encadenada la mayor parte del día, le daban de comer poco menos que desperdicios y apenas un poco de agua de beber.

Mientras mantenía confinados a su hija y a Aurelio, Geoffroy de Charny dio, por fin, con el artista que habría de llevar a cabo la obra que lo obsesionaba: el sagrado sudario que había cubierto el cuerpo de Jesucristo. Se llamaba Maurice Cassell, era un excelente pintor, notable escultor, habilidoso en el oficio del bajorrelieve, en la decoración de muros y la talla de carpinterías. Igual que la mayoría de sus colegas de la época, era un anónimo artesano cuyo estatuto estaba más cercano al de los albañiles, maestros constructores o incluso arquitectos, que a los artistas propiamente dichos. En rigor, los únicos que eran considerados verdaderos artistas y tenían derecho a la celebridad y, en el mejor de los casos, a la posteridad, eran los poetas y los dramaturgos. Nadie sabía quién había diseñado la catedral de Reims, ni quiénes fueron los pintores que hicieron los frescos conocidos como "Las bodas místicas de Santa Catalina" en Notre-Dame de Mont Morillon; nadie conocía el nombre del autor de las formidables esculturas del pórtico de la catedral de Chartres, ni quién había tallado los imponentes bajorrelieves de la iglesia de San Trófimo de Arles. Y, desde luego, este anonimato que ensombrecía a los artistas favorecía los oscuros planes del duque.

Maurice Cassell se presentaba como el hombre perfecto; no sólo por su magistral talento, sino porque su pasar económico era poco menos que calamitoso: resultaba sencillo para Geoffroy de Charny comprar sus magníficas artes y, mejor aún, su silencio. Sin embargo, menos fácil le sería al duque ganar su conciencia. Maurice Cassell era un hombre de fe sincera y, cuando el noble le confesó sus propósitos, el pintor no pudo evitar un sentimiento de devota indignación. Pero Geoffroy de Charny era dueño de una retórica imbatible: jamás argumentaba en contra de su interlocutor, sino, por el contrario, evitando violentar sus convicciones, creaba la ilusión de que ambos coincidían en las mismas opiniones, sólo que él aportaba medios opuestos únicamente en apariencia. Por otra parte, Maurice Cassell no tenía demasiadas luces y al duque no le resultó en absoluto difícil enredarlo con su oratoria inflamada y sus argumentos plagados de grandilocuencia. No se trataría de una falsificación, le dijo, sino de un acto de cristiana justicia: el milagro del Santo Sudario sin dudas había tenido lugar, tal como relataban las crónicas de la tela de Edessa. Pero las huestes de Mahoma habían decidido ocultarlo o, peor aún, destruirlo no sólo por un afán de revancha hacia los ejércitos cruzados sino, sobre todo, para ocultar la prueba irrebatible de la resurrección de Cristo. Aquella sábana brutalmente destruida era el testimonio material e irrefutable de la verdad de las Escrituras. Fabricar la reliquia no podía considerarse un fraude, sino un acto de restitución para la cristiandad, una bandera de evangelización ante los incrédulos y el triunfo de la fe sobre los falsos profetas. Viendo que Maurice Cassell ofrecía poca resistencia ante sus sólidos argumentos, Geoffroy de Charny, para terminar de convencerlo, fue aún más allá; le dijo que si ponía todo su talento al servicio del Señor, habría de ganarse un lugar a su diestra, y que, al contrario, si escatimaba sus artes a Dios para devolver la reliquia, se haría cómplice de los bárbaros que la habían destruido y, de ese modo, se condenaría para siempre al fuego del Averno. El espíritu pusilánime del pintor se sintió conmovido ante tan terrible imagen. Su silencio fue una concesión. Entonces Geoffroy de Charny dio el golpe de gracia: vació sobre la mesa una talega repleta de monedas de oro.

—La decisión está en vuestras manos —le dijo terminante.

Maurice Cassell tomó el dinero, lo volvió a poner en el pequeño costal, lo guardó entre sus ropas y por fin sentenció:

—Mañana comienza la obra.

2

Era una mañana diáfana. Aurelio buscó el magro rayo de sol que entraba por el ventanuco vertical, apenas una angosta incisión en el muro. Se llenó los pulmones con el viento matinal que traía el perfume de la vid y así, reclinado contra la pared, golpeó una de las piedras; fueron dos golpes suaves. Esperó la respuesta idéntica de Christine con quien, como todas las mañanas desde que estaban en aquel cautiverio, se daban los buenos días de esa forma. Y cada vez que sonaba la pared, una y otro tenían la conmovedora impresión de estar dándose un largo y cálido abrazo. Luego rasgaban el muro con algún guijarrito arrancado del piso y ese sonido que recorría la pared era una larga caricia. Pero aquella mañana, el muro no era más que eso: una muda y sorda pared que sólo le devolvía a Aurelio un silencio desolador, terrorífico. Los golpes suaves se convirtieron en desesperadas descargas de puño y, ante el mutismo absoluto, Aurelio vociferó el nombre de Christine, a la vez que embestía la gruesa muralla con su cuerpo lánguido, como si quisiera derribarla. Tal era el escándalo, que el guardián subió presuroso las escaleras y, al ver cómo Aurelio empezaba a lastimarse, se abalanzó sobre él y lo abrazó para impedir que continuara maltratando su cuerpo.

—¡Christine! —gritaba—. ¿Dónde está Christine?

En ese mismo momento, Geoffroy de Charny entró en la celda y con voz parsimoniosa le dijo:

—¿Quieres ver a Christine? Entonces deberás hacer lo que yo te diga.

Aquellas palabras hicieron que Aurelio se contuviese. Estaba dispuesto a hacer lo que fuese con tal de ver a su esposa. El duque arrastró su cojera escaleras abajo y ordenó al guardián que condujera al muchacho tras él. El cautiverio en aquella pequeña celda lo había puesto débil y la falta de costumbre hacía que el sencillo acto de caminar le resultara una ardua tarea. Bajaron hasta el salón principal, atravesaron el angosto pasillo que unía las distintas estancias y, por fin, salieron hacia los jardines que rodeaban la casa.

—¿Querías ver a Christine? —dijo el duque—. Muy bien, allí puedes verla.

Aurelio hubiese querido que aquella visión fuese una alucinación o un mal sueño. Se resistía a creer lo que veían sus ojos: al final del largo camino que se iniciaba en el castillo y se perdía entre los viñedos, había un cadalso sobre cuya frágil superficie descansaban los pequeños pies de Christine; vestía una ligera túnica blanca y una soga gruesa le rodeaba el cuello. Al pie del improvisado patíbulo había un verdugo que sostenía entre las manos la cuerda que mantenía la cubierta del suelo sobre el que estaba parada Christine; bastaba con que diera un pequeño tirón para que la tapa cediera y la muchacha quedara colgada por el cuello.

—Por favor —imploró Aurelio—, no le hagáis daño. Haré lo que queráis, pero no la matéis.

—Muy bien —respondió Geoffroy de Charny—, prometo no hacerle daño si haces lo que te pido.

En ese momento, Aurelio bajó la vista y vio a sus pies unas maderas que formaban una cruz enorme y perfecta. Le costó comprender que aquella cruz era para él.

II
Via Crucis

Primera estación

Geoffroy de Charny, en el salón principal, constituido en virtual pretorio, oficiando de Pilato y, a la vez, de pontífice de los judíos, hizo comparecer a Aurelio y señalándolo con su índice sarmentoso, se preguntó cuáles eran los cargos que podían pesar sobre él.

—¿Eres tú el rey de los herejes? —le preguntó.

Aurelio no podía pensar en otra cosa que en la suerte de Christine que pendía de un hilo; temía dar una respuesta que significara la muerte de la mujer que amaba. Estaba dispuesto a sacrificarse. Tímidamente respondió:

—¿Dices tú esto de ti mismo, o te lo han dicho otros de mí?

—Fueron el Abad de tu Monasterio y el conde de Gijón, corregidor de tu propio pueblo, quienes te han denunciado.

—Mi humilde pueblo de Velayo, injustamente llamado Villaviciosa, no es un reino, puesto que no tiene rey.

Geoffroy de Charny, como Pilato, podía haber dicho a los imaginarios pontífices hebreos: "Yo no hallo ningún crimen. Empero vosotros tenéis costumbre que os suelte uno en Pascua".

Pero no habiendo ningún Barrabás por quien optar, el duque condenó a ese Cristo.

Geoffroy de Charny, delante de los ojos azorados de sirvientes y criados, tomó un látigo y azotó las espaldas de Aurelio, tal como Pilato hizo a Jesús, según decían los Evangelios. Uno de los milicianos que había participado de la toma de Villaviciosa fue el encargado de ponerle una corona de espinas sobre la cabeza, mientras otros lo vestían con ropas color grana. Entonces se escucharon gritos llenos de mofa:

—¡Salve, Rey de los herejes! —decían, al tiempo que lo abofeteaban, le golpeaban la cabeza con una caña y lo escupían. Y puestos de rodillas le hacían reverencias.

Después de haberlo escarnecido, le quitaron las ropas color púrpura, y le pusieron sus propios vestidos. Luego lo sacaron para crucificarlo.

Igual que Pilato entregó a Jesucristo a los pontífices judíos, el duque dejó a Aurelio en manos de sus milicianos para así lavar las suyas.

Segunda estación

A la salida del palacio, unos sirvientes alzaron la cruz y la cargaron sobre las espaldas de Aurelio. En la parte superior del madero se leía: AURELIO VELAYO, REY DE LOS HEREJES. Y llevando su cruz, caminó en dirección a Christine que estaba en el cadalso al final del camino. Llegó hasta un pequeño promontorio que semejaba el Gólgota, el lugar de la Calavera, donde yacía el esqueleto de un perro. Aurelio, sin despegar la mirada de la mujer que amaba, se esforzaba bajo el peso aplastante de la cruz que superaba su estatura por apurar el paso para llegar hasta ella, pero sus pies vacilaban y apenas si podían avanzar. Para que a nadie le quedaran dudas, el cartel sobre la cruz estaba escrito en hebreo, en griego y en latín.

Tercera estación

Escoltado por una guardia de milicianos, Aurelio, con las espaldas dobladas por el peso de la cruz y el dolor de los azotes, arrastraba los pies hacia Christine para procurarle la salvación, aun a expensas de su propio sacrificio, tal como decía la Escritura. En medio de los insultos de los soldados y algunos sirvientes del duque que vociferaban "He aquí el rey de los herejes", Aurelio, con el aliento fatigado, no dejaba de mirar su meta; sabía que si no cubría la distancia de aquel camino que lo separaba de Christine, el verdugo habría de ahorcarla. Tenía que ser fuerte. Con el rostro cubierto por la sangre que caía desde su frente a causa de las espinas que se le enterraban en la carne, avanzó hasta que sus piernas flaquearon y, habiendo dado doscientos pasos, cayó por primera vez sobre sus rodillas. Alzó la vista y al ver a la mujer que amaba de pie sobre el cadalso y al verdugo a punto de tirar de la cuerda, recobró fuerzas, volvió a incorporarse y, por fin, retomó la marcha.

Cuarta estación

Aurelio dio cuarenta pasos y ante la desesperación porque sus fuerzas se agotaban, dijo la primera de las palabras que pronuncian los mortales:

—Madre —murmuró igual que un niño.

Buscando consuelo a su dolor y reclamando ánimo para no caer, invocaba el nombre de la mujer que, cuando pequeño, lo confortaba cada vez que lo invadían el miedo y el desaliento.

—Madre —repitió en un llanto ahogado.

Los soldados no dejaban de mofarse de sus lágrimas. Pero el recuerdo de su madre le dio fuerzas para mantenerse en pie y dar unos pasos más.

Quinta estación

El aliento renovado de Aurelio sólo le fue suficiente para andar unos treinta pasos. Geoffroy de Charny, viendo que su Cristo estaba a punto de desfallecer, ordenó a uno de sus vasallos que ayudara al reo a cargar la cruz. El hombre, un campesino fuerte y robusto, sostuvo el menor de los maderos desembarazando a Aurelio de buena parte del peso; lo hizo con una mezcla de sumisión al duque y un auténtico sentimiento de piedad hacia ese pobre muchacho, tal como lo hiciera Simón el Cirineo. Aurelio lo miró con una gratitud infinita y ambos avanzaron camino arriba.

Sexta estación

Así anduvo Aurelio unos noventa pasos. A medida que avanzaba, los campesinos se acercaban con curiosidad y miraban la escena a la vera del camino. Algunos no se atrevían a pronunciar palabra, otros lo injuriaban meneando la cabeza y los más exaltados, queriendo congraciarse con su señor, gritaban:

—¡He ahí al rey de lo herejes, al hijo de Satanás que no puede salvarse a sí mismo! ¿Acaso su padre no puede salvarlo?

En ese momento, desde el grupo de aldeanos surgió una mujer joven que, conmovida, salió al paso del reo y, quitándose el pañuelo con el que se cubría la cabeza, limpió el rostro cubierto con la sangre que caía desde la corona, las lágrimas que rodaban por sus mejillas y el sudor del esfuerzo que lo desgarraba. Como lo hiciera Verónica, la muchacha guardó el pañuelo entre sus ropas. Geoffroy de Charny, al ver la escena, corrió hacia la mujer y le exigió que le entregara la tela con la esperanza de ver materializado el milagro del rostro impreso en la tela. Pero en la superficie del lienzo no había más que una mancha informe de sangre. El duque arrojó el pañuelo a su dueña.

Séptima estación

Durante el breve tiempo que la mujer detuvo su paso y lo confortó limpiándole el rostro, Aurelio pudo recuperar otro poco de aliento. Avanzó sesenta pasos más hasta un breve arco que hacía la vid sobre el camino y pasó por debajo de él igual que Cristo por la Puerta Judiciaria, el lugar donde los jueces promulgaban las sentencias y se ordenaba la pena de muerte. No bien hubo superado el arco, volvió a caer sobre sus rodillas. Hubiese muerto en ese mismo sitio de no haber elevado la vista: allí, a poca distancia, estaba Christine. Tanto había avanzado que ahora podía ver sus facciones. Aquellos ojos azules inundados en lágrimas, ese pelo renegrido animado por el viento y el cuello largo y orgulloso ceñido por la cuerda amenazante fueron la fuerza que hizo que volviera a erguirse.

Octava estación

Con muchas dificultades arrastró la cruz otros treinta y cinco pasos. Allí pudo escuchar claramente el llanto desconsolado de Christine. No lloraba por su propia suerte, sino por la de él. No resistía ver el calvario del hombre que amaba y, a los gritos, rogaba piedad para Aurelio. Otras mujeres que habían acercado su curiosidad, contagiadas por los lamentos de Christine sobre el cadalso, sollozaban con auténtica amargura. Entre el grupo de mujeres, Aurelio pudo distinguir a una cuyo nombre ignoraba, que suplicaba misericordia para él: se sintió conmovido, pues era la más despreciada de todas por vender su cuerpo. Y ella, la humillada, la que recibía el repudio y el escarnio, se mostraba como un alma justa, piadosa y despojada de rencor. Entonces Aurelio utilizó sus últimos alientos para consolar a las mujeres.

Novena estación

En ese punto se iniciaba el ascenso a una suave lomada; para Aurelio, sin embargo, extenuado y cargando su cruz, era como escalar una montaña. Dio unos pocos pasos y sus piernas volvieron a flaquear: cayó a tierra por tercera vez. Tenía los hombros doloridos y el peso de los maderos cruzados eran ya una carga insufrible. Los pies llagados y la vista nublada por el cansancio, pero más por la sangre que manaba desde la corona de espinas y anegaba su ojos. El verdugo que sostenía la cuerda del cadalso, viendo que el condenado no podía ponerse de pie, se dispuso a tirar de la soga para que se abriera el frágil suelo que mantenía a Christine. Al ver esto, Aurelio volvió a sacar fuerzas y otra vez logró incorporarse cuando ya nadie lo esperaba.

Décima estación

Aurelio hizo cuatro pasos y comenzó el penoso ascenso de los diecinueve peldaños que conducían al cadalso donde estaba la mujer que amaba. Christine lo veía subir peldaño tras peldaño y el corazón se le quebraba. Nadie comprendía cómo ese hombre desfalleciente podía emprender esa cruel escalinata cargando la cruz. Pero estaba dispuesto a salvar la vida de Christine dando a cambio la suya. Podía ver su rostro cercano y hasta oler el perfume de su aliento y eso lo hacía fuerte. Al llegar al final del ascenso, los milicianos del duque le quitaron las ropas, tomaron sus vestidos e hicieron cuatro partes, una para cada soldado. Tomaron también su túnica, que no tenía costura pues era de un solo tejido de arriba abajo y dijeron entre sí:

—No la partamos, mejor echemos suerte, a ver de quién será.

Y así se cumplió la Escritura que decía: "Repartieron entre sí mis vestidos, y sobre mi ropa echaron suertes". Y así lo hicieron los milicianos.

Luego le dieron a beber vino y hiel.

Decimoprimera estación

Al llegar a la cima del monte, los milicianos del duque quitaron la cruz de las espaldas de Aurelio, la tendieron sobre el suelo y luego recostaron ese cuerpo desfalleciente sobre los maderos. Le abrieron los brazos y los sujetaron con cuerdas al travesaño y fijaron sus pies contra un estribo que salía de la viga mayor. Entonces, Geoffroy de Charny ordenó que le dieran clavos y martillo y, con sumo cuidado, buscó en la muñeca derecha el sitio donde se unían los huesos. Allí fijó el clavo y descargó el martillo con la precisión de un carpintero. El metal atravesó la carne en tres golpes, a la vez que un manantial de sangre brotó de la herida. Le fue más trabajoso al duque traspasar la madera. El dolor era tal que Aurelio deseaba morir cuanto antes. Sus ojos buscaban desesperadamente los de su esposa. Cuando el brazo estuvo clavado, Geoffroy de Charny hizo lo mismo con la muñeca izquierda; la segunda vez le resultó más fácil, pues ya estaba experimentado. Luego el duque se puso de pie y fue hasta el extremo de las piernas del condenado. Ésta era la parte más difícil, ya que, para ajustarse a las imágenes más verosímiles de la crucifixión, debía atravesar ambos pies con un solo clavo. Mientras Aurelio se desangraba por los orificios de la muñecas, el duque tanteaba el lugar exacto por donde debía pasar la estaca; posó la planta del pie derecho por encima del empeine del izquierdo y ordenó a dos de sus hombres que sujetaran fuertemente ambos pies. Entonces sí, colocó el clavo en el lugar exacto y descargó un golpe brutal que quebró los huesos, pero no alcanzó a penetrar en la carne. Temiendo arruinar su obra magnánima, volvió a acomodar el clavo en un sitio más blando y, otra vez, martilló con todas sus fuerzas. Esta vez el metal se abrió paso en la carne sin dificultad pasando a través del pie derecho. Sus hombres sujetaron firmemente los tobillos y Geoffroy de Charny volvió a levantar el martillo. No le resultó fácil perforar el pie izquierdo, ya que estaba oculto por el otro y no podía ver el lugar exacto donde clavar. Por otra parte, la profusión de sangre hacía todo mucho más complicado. Por fin, luego de varios golpes, la estaca alcanzó la madera.

Decimosegunda estación

El duque ordenó que alzaran la cruz y la fijaran. Una vez que alcanzó la vertical, Aurelio quedó junto a Christine, la miró amorosamente y supo que, entonces sí, podía morir tranquilo. Era la hora sexta y el cielo se cubrió de nubes, los pájaros volaron en bandadas. Cerca de la hora novena, Aurelio abrió los ojos y al ver que las piernas de su esposa comenzaban a flaquear, viendo que si se desmayaba quedaría inmediatamente ahorcada, musitó:

—Christine, no me abandones.

Los milicianos entendieron que Aurelio invocaba a Cristo y dijeron:

—Oíd, el rey de los herejes, el hijo del inmundo invoca a Cristo. Veamos si viene a bajarlo.

Uno de los hombres del duque empapó una esponja con vinagre y, con una larga caña, se la acercaron a la boca. Pero en ese mismo momento Aurelio, clamando a gran voz, entregó su espíritu y expiró.

Cuando Geoffroy de Charny comprobó que su Cristo estaba muerto, tomó una lanza y, de acuerdo con el Evangelio de San Juan, le atravesó el costado. Y como dijera la Escritura, de la herida salió sangre y agua.

Christine, que apenas podía mantenerse en pie, al ver a su marido muerto, dejó que sus piernas se vencieran y al desvanecerse quedó colgada por el cuello, que se quebró de inmediato.

Los dos cadáveres se recortaban contra el cielo de la mañana.

Decimotercera estación

Geoffroy de Charny ordenó que depusieran ambos cadáveres, primero el de Aurelio, que era el que le importaba. Mandó que lo bajaran con sumo cuidado y lo desencla-
varan sin dañar el cuerpo. Fue mucho más trabajoso quitar
las estacas que ponerlas, ya que se habían clavado fuertemente y cualquier herramienta que se utilizara para aferrar
la cabeza de los clavos podía desgarrar la carne que estaba
alrededor. Después de mucho lidiar, los hombres del duque
pudieron liberar el cuerpo de Aurelio de la cruz. Luego
arriaron el cadáver de Christine y lo dejaron a un lado sin
prestarle cuidado alguno. Geoffroy de Charny miró a su
Cristo y lloró de emoción ante su obra.

Decimocuarta estación

Después de esto, Geoffroy de Charny dejó de proceder como Pilato y se convirtió en José de Arimatea. Amorosamente y como hiciera el discípulo de Jesús, pidió que le dieran las cien libras de una mezcla de mirra y áloes que había comprado. Tomó el cuerpo de Aurelio y lo envolvió en lienzos con especias aromáticas, tal como era costumbre sepultar entre los judíos, según indicaban las escrituras. Luego el duque ordenó que le trajeran una de las telas que había traído de Venecia, la más sencilla, la de trama y urdimbre, y con ella cubrió el cadáver pasándolo por debajo de la espalda y plegándolo luego por sobre el frente.

Cerca de allí, Geoffroy de Charny había mandado que abrieran una peña que sirviera de sepulcro, tal como estaba escrito. Y así, envuelto en su sudario, el duque puso al muerto en el sepulcro y luego ordenó que lo taparan con una pesada piedra, lo mismo que decía la Biblia. El cuerpo de Aurelio debía pasar por el exacto procedimiento que el de Cristo. Al tercer día iría a buscarlo y así se lo entregaría al pintor para que fijara la imagen del cuerpo sobre el lienzo.

En cuanto a su hija, ordenó que la enterraran en el campo sin cruz ni lápida.

III

El telar del diablo

1

Había sido una jornada agotadora. Llegada la noche, Geoffroy de Charny se dispuso a descansar. Su pierna mala había quedado a la miseria después de recorrer cada paso del Via Crucis. Le dolían los brazos y el mango del martillo le había abierto llagas en las manos. Sin embargo, no podía conciliar el sueño. Tenía la convicción de que estaba llevando a cabo una obra divina y temía que algo pudiese salir mal si no comprendía cabalmente las señales que Dios le enviaba. De hecho, guardaba la secreta esperanza de que realmente Aurelio resucitara de entre los muertos y dejara impresa su imagen en la tela del sudario. Por esa misma razón, no había querido que Maurice Cassell estuviese presente en la crucifixión. Por otra parte, temía que el artista, hombre pusilánime y de espíritu débil, pudiese espantarse ante tan cruda escena y se negara a colaborar en la obra. Al duque le parecía más sensato presentar al pintor el cadáver ya preparado, tal como debió estar el de Jesús al momento de la resurrección, según las escrituras. Pero, justamente por ese motivo, Geoffroy de Charny se debatía en una terrible disyuntiva: de acuerdo con los Evangelios, Jesús había vuelto a la vida al tercer día de su muerte en la cruz; como el duque mantenía la íntima esperanza de que se produjera el milagro, no se atrevía a buscar el cadáver antes de que pasaran los tres días bíblicos, temiendo arruinar un posible prodigio divino. Pero, por otra parte, existía el riesgo cierto de que el cuerpo de Aurelio entrara en descomposición. El clima seco, desértico, de Palestina hacía posible que un cadáver pudiera mantenerse en buenas condiciones durante varios días, pero el calor húmedo que reinaba en Troyes ponía en peligro su obra. Temía abrir el sepulcro y encontrarse con un cuerpo corrompido, hediondo, hinchado y repleto de gusanos. Por otra parte, sospechaba que los campesinos, hijos de la superstición, podrían robar el cadáver y echar a rodar la voz de que el rey de los herejes había resucitado. De modo que, igual que Pilato aconsejado por los sacerdotes y los fariseos cuando le dijeron: "Manda, pues, que se asegure el sepulcro hasta el tercer día, no sea que vengan sus discípulos de noche, y lo hurten, y digan al pueblo: Resucitó de entre los muertos", Geoffroy de Charny ordenó a sus hombres que sellaran la piedra que tapaba el sepulcro y dispusieran una guardia.

Esa noche y los días siguientes el duque no pudo pegar un ojo. Cada vez que entraba a su aposento un sirviente, esperaba que le anunciase que un ángel con aspecto de relámpago se presentó ante el sepulcro y, haciendo cimbrar la tierra, removió la piedra que sellaba la entrada. Pero sus hombres sólo se llegaban a preguntarle en qué podían servirle, viendo que su señor presentaba un aspecto extraviado y no comía ni dormía.

Y así, en vela y en ayunas, pasó Geoffroy de Charny aquellos tres interminables días. Al amanecer del día tercero, ya enfermo por la ansiedad y la espera, por fin salió corriendo hacia el sepulcro. Cuando llegó, encontró que junto a la guardia que él había dispuesto había un grupo de mujeres: allí, hecha un mar de lágrimas, estaba la que vendía su cuerpo y la otra mujer que había limpiado el rostro de Aurelio. Apuró todavía más su cojera para que le dijeran lo que quería escuchar: "¿Por qué buscáis entre los muertos al que vive?". Pero nada de eso ocurrió. Allí, incólume y sellada, estaba la piedra tapando el sepulcro. Entonces ordenó a sus hombres que la quitaran. Así lo hicieron con mucho esfuerzo. Cuando se hizo un resquicio por dónde pasar, el duque ingresó a la peña. Enceguecido por la falta de luz y la locura, al no ver a nadie, creyó que el milagro había tenido lugar. Pero no bien sus ojos se acostumbraron a la penumbra, pudo ver el cuerpo horizontal de Aurelio cubierto por el manto, tal como él lo había dejado. Geoffroy de Charny no se sintió desalentado: Dios le estaba pidiendo que él mismo hiciera el milagro.

El duque se inclinó sobre el cadáver de aquel que no había podido levantarse de entre los muertos, elevó la mirada hacia las alturas y murmuró:

—Amén.

2

Geoffroy de Charny montó el taller del milagro en la recámara más apartada del castillo. Allí había dispuesto todas
la cosas que le había pedido el pintor. En el centro del cuarto, sobre una mesa de roble, yacía el cuerpo de Aurelio. Era
todavía el día tercero desde su muerte en la cruz. El duque
había descubierto con inquietud que el cadáver presentaba
varios signos de descomposición: un olor penetrante hacía
que el aire de la recámara fuese difícil de respirar. El cuerpo empezaba a hincharse; ya no presentaba la figura delgada que apenas si se distinguía de la forma de la cruz; la piel
estaba tirante y los huesos habían quedado ocultos tras la
carne deformada. El rostro no tenía la expresión doliente
que hubiese querido el duque, sino una mueca desencaja-
da, no de sufrimiento, sino como de cierta incomodidad.
Pero había aún un problema mayor: Geoffroy de Charny, al
acomodar el cuerpo de Aurelio antes de amortajarlo, había
dispuesto los brazos de tal forma que sus genitales quedaran cubiertos por las manos. Desde luego, hubiese sido más
natural que cruzara los brazos por sobre el pecho como correspondía, pero, ¿cómo exhibir el sexo del Hijo de Dios sin

escandalizar? De manera que los brazos habían quedado en una posición artificialmente pudorosa que, por efecto paradójico, le confería un aspecto obsceno. No resultaba muy santa la imagen de ese Cristo tocándose las partes pudendas, aunque fuese para ocultarlas. Además, el *rigor mortis* era ya tan tenaz, que no había forma de modificar la posición. Todos los intentos que hicieron fueron vanos: era como pretender alterar la pose de una escultura tallada en piedra. Poco había quedado de la estampa de Aurelio. Pero para Geoffroy de Charny, cuya razón se había extraviado por completo, era la imagen de Jesús levantándose del sepulcro. El plan del duque era sencillo y, para su turbado juicio, genial: así como por obra de la revelación divina había descubierto que frotando la moneda con un carboncillo sobre el papel aparecía el calco del sagrado rostro, su idea era que el sudario fuese como el papel y el cadáver de Aurelio como la moneda. Sólo había que cubrir el cuerpo con la sábana y frotar la superficie del lienzo con alguna sustancia que copiara las formas y la fijara por contacto. Maurice Cassell escuchó los argumentos del duque con suma atención y luego le dio su conclusión: esa idea era inviable. Geoffroy de Charny, enfurecido, tomó al artista por el cuello y, a viva voz, le hizo saber que él estaba procediendo por mandato divino, que cada uno de sus pasos estaba dictado por la voz indiscutible del Altísimo y que desobedecerle a él era desobedecer a Dios. El pintor quiso exponer sus argumentos, pero el duque amenazó con matarlo si no se sometía en silencio al mandato del Eterno. Maurice Cassell, considerando el muerto que estaba delante de sus narices, no tuvo dudas de que su contratista no amenazaba en vano. De modo que agachó la cabeza y obedeció, aun a sabiendas de cuál sería el resultado.

Maurice Cassell sumergió el lienzo en un cubo repleto de agua. Apretaba la tela entre sus dedos para que el tejido cediera por completo y se hiciera permeable. Hecho esto, le pidió al duque que lo ayudara a retorcer la sábana para que perdiera el exceso de líquido y se ablandara. Luego quiso extenderla, pero la tela era tan amplia y el cuarto tan pequeño, que no cabía desplegada a lo largo. Llevaron el sudario hacia uno de los pisos superiores y lo tendieron como un blasón desde una de las ventanas. Cada minuto que pasaba era irreparable para el cadáver de Aurelio, cuya descomposición avanzaba implacable como la noche, pese a que el recinto era frío. El duque quería que la obra estuviese concluida al amanecer, de modo que antes de que el manto escurriera por completo, Geoffroy de Charny le dijo al pintor que no había tiempo que perder y volvieron con la tela a la oscura recámara.

Maurice Cassell le pidió al duque que lo ayudara a bajar por un momento el cuerpo al suelo para luego envolverlo en la tela. El cadáver estaba tieso como la tabla sobre la cual yacía: uno lo tomó por los pies, el otro por los hombros y así lo depositaron en el piso. El pintor extendió el sudario prolijamente sobre la superficie de la mesa y luego volvieron a subir el cuerpo. Entonces sí, tomó el resto de la tela, la pasó por encima de la cabeza de Aurelio y cubrió la parte delantera de los despojos, haciendo que el género húmedo se adhiriera bien a los relieves. Luego preparó una mezcla de polvos dentro de un cuenco y, ante la curiosidad del duque, el pintor le explicó que eran distintos pigmentos:

óxido de hierro, bermellón, amarillo de arsénico, azul de ultramar, azurita, carbón de leña y rojo de rubia. A medida que los aunaba, la mezcla iba variando de tonalidad según agregara uno u otro. En un momento, el polvo adquirió un color rojizo que en ocasiones dejaba ver unos destellos dorados. Geoffroy de Charny decidió con entusiasmo que exactamente así debía verse el color de la figura. A juicio de Maurice Cassell, era aquel un tono demasiado pictórico y artificioso, pero no se atrevió a contradecir al duque luego del primer altercado durante el cual amenazó con matarlo. El pintor se debatía entre agregarle a la mezcla un aglutinante a base de cola o huevo, o aplicar el polvo sin fijador alguno. Cada alternativa presentaba ventajas y desventajas: la primera le otorgaría al color un soporte firme y bien adhesivo, pero sería difícil darle una apariencia etérea dada la densidad que adquiriría la pintura. La segunda le otorgaría a la figura una materialidad delicada e impalpable, deletérea como la imagen de un milagro; sin embargo, el pintor temía que resultara poco duradera y demasiado volátil. Optó por la segunda alternativa por una razón fundamental: el tiempo; si quería tener la obra lista para la madrugada debía poner manos a la obra de una vez.

La construcción del milagro estaba por comenzar.

3

Maurice Cassell tomó un trapo y, comprimiéndolo fuertemente, hizo un fardo pequeño, compacto y firme. Introdujo el trapo en el cuenco y con él oprimió el polvo hasta teñir el género en forma pareja. Lo que hizo a continuación el pintor, por muy novedoso que resultara a los ojos legos del duque, era la aplicación de una técnica muy difundida desde hacía mucho tiempo: el *frottis*. Con el trapo cargado de pigmentos, comenzó a frotar el sudario y, por efecto de la presión ejercida sobre los volúmenes, el tejido iba revelando la forma del cuerpo tieso que estaba detrás. Así, el duque pudo ver con una euforia contenida que, mágicamente, el rostro de Aurelio iba apareciendo calcado en la tela conforme el pintor frotaba los pigmentos con el trapo, con la misma sencillez que el Pantocrator del *solidus* se había impreso en el papel. Geoffroy de Charny comprobó que su contratado tenía un talento inigualable: trabajaba con soltura y rapidez, veía la mano experimentada de Maurice Cassell yendo y viniendo sobre la mortaja y, como un mago, hacía que surgiera la imagen luminosa de aquel Cristo. Lo primero que quedó impreso en el sudario fue el rostro. El duque notó que el trabajo se dificultaba al intentar calcar la barba y los cabellos, en contraposición a la facilidad con que se copiaba las partes más rígidas como la frente, los pómulos y los arcos superciliares. La barba era tan rala y sutil, que casi no ofrecía resistencia. Pero rápidamente el pintor encontró la solución al problema; con un pincel delgadísimo impregnado en el mismo pigmento mezclado con agua, pintó la barba con tal diestra delicadeza que no se notaba el artificio. Lo mismo hizo luego con los cabellos. Geoffroy de Charny se felicitó por la elección de su artista. El rostro, una vez concluido, presentaba un aspecto celestial: si bien no tenía la expresión característica con que solía representarse a Cristo, había algo en él que lo hacía sagrado. El duque tardó en comprender que lo que le confería ese carácter era, justamente, la falta de dramatismo artístico. Aquella natural expresión desprovista de todo artificio que tenía el cadáver real que servía de matriz, lo tornaba próximo y profundamente humano. En la conjunción de la naturalidad y la apariencia prodigiosa que le daba la técnica del *frottis* estaba el secreto de la fascinación que ejercía. Eso mismo era Cristo: Dios hecho hombre. Por otra parte, Maurice Cassell era dueño de una habilidad tal que, presionando fuertemente sobre las partes óseas y menos en las zonas blandas, conseguía disimular la hinchazón del cadáver. Así, cuando llegó al costillar, frotó con energía sobre cada uno de los huesos, de tal modo que los efluvios de la descomposición que henchían los despojos, no se notaban en absoluto. Geoffroy de Charny guardaba cierta inquietud sobre cómo se verían las heridas de los clavos en los pies y las manos: deberían ser lo suficientemente notables para que transmitieran el sufrimiento, pero sin tomar un protagonismo tal que les quitara veracidad. Sin embargo, viendo que el pintor estaba haciendo su trabajo con excelencia, prefirió no contagiarle su ansiedad y mantenerse en silencio. Por fin, llegó a la muñeca derecha; como si hubiese adivinado el pensamiento del duque, frotó el orificio de tal forma que el pigmento no penetrara demasiado en el lugar por donde había pasado el clavo, pero que sí se notara con claridad el perímetro de la herida. Los dos, a un tiempo, notaron de inmediato un problema: la sangre estaba ya demasiado coagulada para que alcanzara a teñir la tela y, más aún, que la mancha la traspasara para hacerla visible. De modo que, sin vacilar, Maurice Cassell volvió a blandir el pincel. Con un pigmento bermellón mezclado con óxido de hierro consiguió rápidamente el color exacto de la sangre seca. Con unas pocas pero precisas pinceladas imitó a la perfección la hemorragia surgida de la herida. A la luz del éxito obtenido de este modo, repitió el procedimiento con los demás estigmas.

Ni siquiera había amanecido cuando la figura estuvo completamente terminada. Geoffroy de Charny estaba demudado por la emoción que le cerraba la garganta. Era la obra más maravillosa que jamás había contemplado y le pertenecía.

Maurice Cassell, de pie en un rincón de la recámara, no encontraba las palabras para decirle que todo ese trabajo había sido en vano.

4

En su impenetrable necedad sellada por el cerrojo de la locura, Geoffroy de Charny se había negado a escuchar los argumentos de Maurice Cassell. Aturdido por la alucinatoria voz de Dios, el duque no había tenido oídos para atender las terrenales razones que pudieran contrariar su certidumbre, proveniente de los cielos. Su infantil modelo del *solidus* frotado contra el papel jamás habría podido funcionar por la sencilla razón de que un cuerpo no es una moneda y un papel no se comporta como un género. Mientras la tela permanecía adherida al cadáver de Aurelio, la apariencia era perfecta, pero había un detalle que escapaba a los cálculos de Geoffroy de Charny y que el pintor sí había previsto, aunque no le fue otorgada la posibilidad de revelarlo. Cuando el duque ordenó a Maurice Cassell que retirara la mortaja, éste ni siquiera atinó a moverse de su lugar. Tal era el pánico que había invadido al artista que sólo contestó:

—Hacedlo vos mismo.

El duque supuso que el pintor le estaba cediendo el privilegio e inocentemente agradeció. Maurice Cassell cerró los ojos y no se atrevió a abrirlos cuando su contratista tomó el lienzo por el extremo superior y comenzó a quitar el sudario. La tela se había secado sobre el cuerpo de modo que estaba levemente adherida y, por momentos, Geoffroy de Charny debía tirar con fuerza para despegarla. El corazón le latía con la fuerza de la emoción y una sonrisa alegraba su rostro demacrado. Pero ese júbilo iba a durarle poco: no bien retiró la parte correspondiente al rostro, notó algo sumamente extraño que, al principio, le costaba comprender. Por un momento creyó que lo que estaba viendo era una distorsión, producto de la fatiga. Tiró del manto rápidamente hasta descubrir la parte anterior del cuerpo, y luego le ordenó al pintor que lo ayudara a quitar la parte de la tela que estaba por debajo del cadáver. Pero Maurice Cassell no se atrevió a obedecer. De modo que, sin esperar, el duque jaló con todas sus fuerzas hasta que liberó el sudario por completo. Cuando lo alisó en el piso tuvo frente a sí una visón aterradora: el rostro impreso en la tela de pronto se había extendido hacia los costados, convirtiéndose en el semblante de un hombre obeso hasta la caricatura. Y a medida que iba alisando el resto del manto con la palma de la mano, descubría que también el cuerpo se deformaba, tal como se veía en el reflejo de un espejo convexo. De pronto, su delgado y frágil Jesucristo se había transformado en un bufón rechoncho y mofletudo: la imagen más grotesca y ofensiva que jamás había visto. Lo primero que pensó fue que Satanás se estaba interponiendo entre él y su divina misión; maldijo el nombre de la Bestia con todas sus fuerzas. Maurice Cassell hubiese querido que Geoffroy de Charny se quedara con aquella certeza y abandonara su descabellado propósito, pero cuando le reclamó una explicación, el pintor no pudo menos que exponerle lo que había ocurrido: una figura humana grabada en una moneda era un bajorrelieve que creaba una impresión de profundidad mayor que la que realmente tenía, pero en verdad se trataba de una talla hecha sobre una superficie plana. Por esa razón podía calcarse sobre un papel igualmente plano sin que se deformara. Un cuerpo real, en cambio, presentaba volúmenes mucho mayores y, al adherirse la tela sobre las partes correspondientes a los perfiles, una vez vuelta a desplegar se reducían todas las profundidades a un solo plano extendido. Por eso, el frente y ambos lados se veían ahora como si fuesen una sola cosa. Eso explicaba la deformación que había sufrido la figura de Aurelio. Contrariamente a lo que pensaba Maurice Cassell, el duque mantuvo la calma; no le hizo un solo reproche ni elevó el tono de voz. Cuando el pintor creyó que aquella era una rendición frente a la evidencia, Geoffroy de Charny habló con serenidad y resolución:

—Muy bien, si un cuerpo no se comporta como una moneda, tomemos el camino más sencillo —musitó, al tiempo que jugaba con el *solidus* de oro entre sus dedos; volvió a cubrir el cadáver con el manto y completó la idea:

—Quiero que acuñéis la moneda más grande que jamás se haya hecho y luego la calquéis sobre un manto.

El duque salió de la recámara dejando a Maurice Cassell tan tieso como el muerto que yacía en vano sobre la mesa.

5

Aurelio fue enterrado junto a Christine en medio del campo en una tumba sin lápida ni cruz. Desde luego, la decisión de que descansaran en el mismo pedazo de suelo no se debió a los designios del duque, sino a la buena voluntad del enterrador. Antes de que el cuerpo terminara de descomponerse, Maurice Cassell tomó de aquellos despojos los rasgos y las proporciones de Aurelio para volcarlos en la talla que le había ordenado Geoffroy de Charny. El pintor pensó varias veces en renunciar y devolver al duque la paga; sin embargo, sabía que semejante determinación podía costarle la vida. Después de varios días de intenso trabajo, Maurice Cassell concluyó la moneda más grande que jamás se haya hecho, si se quisiera aplicar la denominación que le había puesto el duque. En rigor, se trataba de dos piezas rectangulares, cada una de las cuales tenía una medida semejante a la de quien había servido de modelo. Estaban talladas en madera de nogal; una de ellas era la "cara" de la moneda, sobre cuya superficie estaba tallado el frente de la figura del Cristo inspirado en Aurelio, y la otra, la "ceca", representaba el cuerpo de espaldas. Maurice Cassell había logrado hacer dos preciosos bajorrelieves, dignos de adornar una catedral. Sin embargo, estaban destinados a la destrucción para que no quedaran pruebas de la mano del hombre en la obtención del milagro. Habiéndose malogrado la primera de las telas, el artista utilizó como manto el segundo de los géneros que Geoffroy de Charny trajo de Venecia. Era una tela de mejor calidad y de hechura más compleja; no se trataba de la sencilla trama y urdimbre, como la anterior, sino de un tejido de espiga. Si bien este tipo de trama no existía en la época de Cristo, al duque le pareció un detalle sin importancia: a su juicio, se veía mejor y más verosímil que la anterior. Por otra parte, el fracaso ante el primer intento le daba al pintor una experiencia mayor y le había revelado el comportamiento de los materiales empleados. El hecho de utilizar una talla en madera resultaba mucho mejor que un cuerpo real por varias razones: en primer lugar, trabajar sobre un plano evitaba los problemas del fundido del frente y el perfil en una única dimensión, pero además, de este modo, no se enfrentaba con el obstáculo que significaban las diferentes consistencias que tenía un cuerpo humano como la carne, el hueso y los cabellos; la madera ofrecía idéntica resistencia al frotado, y ya no existían complicaciones a la hora de calcar, por ejemplo, la barba. Por otro lado, Maurice Cassell modificó y mejoró el procedimiento: no sólo se valió de los anteriores pigmentos, sino que, para conseguir un efecto aún más etéreo, de modo de emplear la menor cantidad posible de pintura, hizo lo siguiente: empapó la sábana con agua para que se adaptara a la forma del bajorrelive. Esperó a que la tela secara por completo y luego, de acuerdo con la técnica del *frottis*, aplicó con un trapo una mezcla de óxido de hierro y proporciones mínimas de amarillo de arsénico, azurita, carbón de leña y rojo de rubia; todo esto aglutinado con una sustancia gelatinosa hecha a base de colágeno. De este modo, surgió la figura de la talla de acuerdo con lo previsto: tenía una extraña apariencia de naturalidad y volumen que le confería el efecto del calcado por una parte, y, por otra, una incierta luminosidad que no se avenía a la realidad por cuanto donde deberían aparecer sombras, había luz y viceversa. Así, los espacios en blanco rodeaban las formas prominentes. Era este raro efecto de luces y sombras invertidas lo que le daba al conjunto un sino misterioso que haría pensar en un fenómeno sobrenatural, como si una suerte de rayo divino, al momento de volver a la vida al Salvador, hubiese dejado su huella indeleble en la tela por su misma fuerza milagrosa. En cuanto a las manchas de sangre de los estigmas, igual que en el primer intento, Maurice Cassell las pintó a pincel con una mezcla de pigmentos ocre, rojo y bermellón.

Cuando el pintor concluyó, extendió la tela de largo a largo y pudo comprobar que ambas figuras, el frente y las espaldas, quedaban unidas por la cabeza. El milagro, por fin, estaba consumado.

6

A los ojos de Geoffroy de Charny, la Sábana Santa de Nuestro Señor Jesucristo era un prodigio. Había cumplido a la perfección con la tarea que Dios le había encomendado. Sólo restaba construir la iglesia que albergara la reliquia más preciada, y no solamente por la cristiandad: ahora todo el mundo debía rendirse ante la evidencia de la resurrección de Cristo. Así, el duque solicitó una audiencia formal ante el arzobispo de Troyes para darle a conocer el Santo Sudario y obtener, al fin, la bendición para erigir un templo en su honor. Henri de Poitiers, harto como estaba de las visitas de Geoffroy de Charny, desestimó el pedido de audiencia; pero tal fue la tenacidad del duque que, finalmente y para poner término a tanta insistencia, el obispo convino una entrevista.

El día de la audiencia, Geoffroy de Charny se llegó hasta el obispado con una delegación que incluía una guardia de honor, dos oficiales y hasta un notario, como si se tratara de un príncipe en misión de paz. Encabezando la comisión venían dos hombres vestidos de púrpura, cargando un cofre en cuyo interior estaba plegada la reliquia. Lejos de sentirse intimidado, como era la pretensión del duque, Henri de Poitiers, al ver semejante demostración de fuerza, estuvo a punto de levantar la reunión aun antes de que comenzara. Por otra parte, no estaba dispuesto a tolerar la presencia de un notario, como si su palabra tuviese que ser puesta a consideración de un extraño y, por añadidura, al servicio de su visitante. Henri de Poitiers, dando muestras de una paciencia sin límites, dijo que la audiencia tendría lugar sólo si el duque despachaba de vuelta a toda su patética cohorte de bufones. Geoffroy de Charny debió entrar al palacio sin compañía alguna y arrastrando el pesado arcón que contenía su tesoro.

Una vez que estuvieron frente a frente, el duque, antes de mostrar a su excelencia lo que guardaba, queriendo crear suspenso y expectativa, extrajo una pequeña Biblia de entre sus ropas y comenzó a leer aquellos fragmentos del Evangelio que narraban el modo en que José de Arimatea había envuelto el cuerpo de Cristo en la sábana. Pero el obispo, que desde luego podía recitar las Escrituras de memoria, le rogó que fuese de inmediato al grano.

—He recuperado para la humanidad El Santo Sudario de Nuestro Señor Jesucristo —dijo entonces sin más prólogo Geoffroy de Charny con la voz quebrada por la emoción.

El obispo quedó pasmado. Se debatía entre hacer echar a su interlocutor por la fuerza o dejarlo ir más allá para ver hasta dónde era capaz de llegar. El duque inició una larga perorata, sugiriendo que lo había obtenido durante su supuesta incursión a Tierra Santa como parte de las huestes de los Templarios; habló hasta perderse en un mar de palabras e ideas inconexas y, por fin, se dispuso a abrir el cofre. Frente a los azorados ojos de Henri de Poitiers, Geoffroy de Charny extendió la Sábana Santa en el amplio suelo del salón. El duque pudo ver el súbito asombro en el rostro del obispo al contemplar la figura de Cristo en el exacto momento de la resurrección. Caminaba al borde del sudario recorriendo con la mirada cada detalle. Estaba demudado.

—Asombroso... —musitó el obispo para sí.

Entonces el duque creyó que era el momento oportuno para que Henri de Poitiers pusiera por escrito la autorización para construir un templo en su honor, al que pudiesen llegar los peregrinos de todo el mundo a venerar la reliquia. De modo que le extendió el documento para que lo rubricara. Sin embargo, el obispo no había terminado de hablar.

—Asombroso... —repitió entre dientes y, por fin, concluyó:

—Es el fraude más grande que hayan visto mis ojos.

Dijo esto último y ordenó a sus guardias que echaran de inmediato del palacio a ese estafador y, a los gritos, le juró que investigaría el fraude hasta sus últimas consecuencias.

—Esto no termina aquí —se decía a sí mismo el duque mientras arrastraba el arcón con su Santo Sudario calle abajo—, esto no termina aquí.

7

AVIGNON, FRANCIA, 1349

Acompañado por su renguera, su locura, su mujer y su Santo Sudario, Geoffroy de Charny llegó hasta la mismísima sede del papado en Avignon. Diferente de lo que había sido Roma, la nueva ciudad pontificia no tenía la magnificencia imperial de aquella, ni se respiraba el aire místico que irradiaba la piedra fundacional de Pedro. En Avignon todo tenía un sesgo más burocrático que espiritual y hasta se podía oler el perfume del dinero. Y a medida que recorrían sus calles, se explicaban por qué se la llamaba la ciudad del pecado. La mujer de Geoffroy de Charny, Jeanne de Vergy, estaba encantada e intentaba convencer a su esposo de que todos estos factores, desde luego, favorecían sus planes. Pero la razón del duque estaba tan turbada que había llegado a convencerse de que aquella sábana, que él mismo compró en Venecia, había sido la que realmente cubrió el cuerpo de Cristo. Sea como fuere, no se explicaba a sí mismo cómo no había tomado antes la decisión de entrevistarse con el Papa, Clemente VI. Su Santidad le concedió una audiencia de inmediato y quedó maravillado con la Sábana Santa. Tal fue su entusiasmo, que le rogó al duque que guardara cuanto antes la reliquia para no ponerla en riesgo y luego se sentaron a hablar de negocios. Al pontífice le resultó una gran idea la construcción de una iglesia colegiada en Lirey que albergara al Santo Sudario. Todo contribuía a los nobles fines de la recaudación. Tan magnífica le resultó la propuesta de Geoffroy de Charny que no sólo le dio la autorización para construirla, sino que se ocupó de que recibiera un crédito para el inicio inmediato de las obras. En sólo diez minutos, el mismísimo papa Clemente VI le otorgó lo que el miserable obispo de Troyes le había negado durante años. Una vez acordados los términos del negocio, Su Santidad se incorporó y despidió rápidamente a Geoffroy de Charny luego de que éste se hincara en el suelo e intentara besarle los pies.

El duque, mientras caminaba por las calles de Avignon, no cabía en su alegría. Temía que todo aquello no fuera más que un grato sueño y, de un momento a otro, fuese a despertar.

8

LIREY, 1353

Cuatro años más tarde, la iglesia colegiada estuvo concluida. Se llamó Santa María de Lirey, pero se la conoció como la Capilla del Santo Sudario. Geoffroy de Charny mandó construirla justo encima de los restos de Christine y Aurelio. Desde luego, no hizo esto impulsado por el ánimo de homenajear su memoria, sino que de ese modo se aseguraba que los cuerpos cubiertos por toneladas de ladrillos jamás fuesen encontrados. A su pesar, el duque había puesto sobre sus sepulturas una magnífica cruz: la que coronaba la aguja del campanario. Era una capilla austera en medio de la campiña que se elevaba por sobre los sembradíos. Tenía seis angostas ventanas por cada lado en la nave central que le conferían una luminosidad tenue y con algunos reflejos verdes provenientes del campo. El techo a dos aguas de tejas rojas completaba la factura pastoril y bucólica. El interior, sin embargo, presentaba un aspecto más severo y majestuoso, acorde con la preciada reliquia que albergaba. Los dos retablos le fueron encargados al propio Maurice

Cassell y, curiosamente, ambos fueron hechos con la técnica del bajorrelieve; uno representaba la Crucifixión y en el otro se veía el momento en que envolvían en el sudario el cuerpo de Jesús. O tal vez fuera el de Aurelio. De hecho, el parecido de la figura de Cristo del retablo con el que aparecía en el sudario era asombroso. En el lugar más destacado de la iglesia, por encima del altar, estaba la Sábana Santa de Nuestro Señor Jesucristo colgada vertical desde las alturas como un estandarte. Nada faltaba para la apertura de la parroquia; de acuerdo con sus planes, el propio Geoffroy de Charny habría de oficiar de párroco para que nadie más que él pudiese tener el control de su propio negocio. Sin embargo, cuando estaba ya todo dispuesto, un acontecimiento inesperado iba a demorar, una vez más, la concreción de su mayor anhelo: las hostilidades con Inglaterra se habían reanudado.

POITIERS, FRANCIA, 1356

Geoffroy de Charny temió lo peor: si los ingleses llegaban a Troyes y, en consecuencia, tomaban también el control de Lirey, su preciado tesoro iba a ser saqueado, del mismo modo que, siglos atrás, las tropas musulmanas se hicieron con el pañuelo de Edessa. El duque no iba a esperar cruzado de brazos a que eso sucediera. Otra vez organizó su pequeña armada y se puso bajo las órdenes de Juan II para resistir el avance enemigo. Al frente de sus tropas victoriosas en la gesta de Villaviciosa de Asturias, alistó las huestes para partir a Poitiers. Sin embargo, el ejército británico no era comparable con el puñado de hombres y mujeres, en su mayoría monjes y novicias sin armas ni formación militar, que habitaban el castillo de Velayo. El 19 de septiembre de 1356 se libró la sangrienta batalla de Poitiers. El duque, acostumbrado a las victorias fáciles sobre adversarios inermes, por primera vez supo lo que era la guerra. De pronto, al encontrarse con el rigor de un enemigo feroz, comprendió cabalmente que ese glorioso pasado de legionario era una vil mentira que él mismo había terminado por creer. En el campo de batalla, viendo cómo sus hombres caían uno tras otro como moscas de la misma forma que ellos habían masacrado sin piedad a los indefensos seguidores de Aurelio y Christine, decidió escapar. Pero fue tarde: una lanza le atravesó el pecho antes de que su caballo pudiese girar y galopar en dirección contraria al enemigo. Geoffroy de Charny expiró en el acto sin sufrir, dispensa que, ciertamente, no le había concedido a Aurelio ni a su propia hija.

9

La historia del Santo Sudario no iba a acabar, sin embargo, con la muerte de Geoffroy de Charny. En noviembre de 1356, su viuda, Jeanne de Vergy, que había hecho del silencio un culto, convenciendo a su propia familia de que sufría de una enfermedad mental que la sumía en la idiotez, inauguró la capilla de Santa María de Lirey. Aquellos que, fuera del círculo familiar, sospechaban de Jeanne no se equivocaban. A la muerte de su marido, se transformó, de un día para otro, en una mujer brillante para los negocios. Ella misma se ocupó de elegir un capellán que no fuese capaz de interferir en el negocio; era la única que administraba, con mano firme, cada moneda que ingresaba en la limosna. La modesta iglesia rural llegó a ser, en su momento de esplendor, la más visitada de Francia. La atracción de la Sábana Santa era tal que llegaban peregrinos de toda Europa para venerar la imagen viviente de Cristo en el momento de su resurrección. La riqueza de Jeanne, viuda de Charny, llegó a ser incalculable y estaba cimentada, literalmente, en el martirio de su hija, su yerno y su propio marido. Nadie se atrevía a poner en duda la autenticidad de la mortaja y el discreto espacio de la capilla no alcanzaba a albergar a las multitudes. La bella y silenciosa imagen de Jeanne no podía despertar las sospechas de nadie; salvo las del viejo enemigo del duque: Henri de Poitiers. El obispo nunca habría de perdonar a Geoffroy de Charny, ni aun muerto, el hecho de que hubiese atropellado su autoridad. Por otra parte, su honestidad y rectitud jamás iban a tolerar que se estuviese exhibiendo una reliquia falsa del mismísimo Cristo en su propia diócesis, así las arcas de la iglesia estallaran de riquezas. Luego de una extensa y dificultosa investigación, el obispo de Troyes obtuvo la confesión de Maurice Cassell. Un solo interrogatorio fue suficiente para que el pintor, hombre temeroso y de espíritu débil, declarara entre llantos la verdad. Ahora que el duque estaba muerto podía purgar su remordimiento. Tan conmovedor fue el reconocimiento del fraude por parte del artista, que Henri de Poitiers se convenció de que le estaba diciendo toda la verdad. Pero Maurice Cassell omitió hablar del asesinato de Aurelio; sólo se refirió a la talla del bajorrelieve y no a quien había servido de modelo. El pintor no estaba dispuesto a involucrarse en semejante crimen. Con la confesión firmada por el autor del fraude, el obispo consiguió prohibir la exhibición pública de la falsa mortaja.

A la muerte de Henri de Poitiers y cuando el tiempo hizo que la gente se olvidara del escándalo, el manto fue discretamente repuesto en su sitio sobre el altar de la iglesia. Nuevamente las multitudes comenzaron a llegar en peregrinación llenando las arcas de la parroquia colegiada. El fiel sucesor del antiguo obispo de Troyes, Pierre d'Arcis, denunció de inmediato el hecho, pudiendo demostrar el fraude nuevamente, esta vez ante los tribunales. Con el fallo de los jueces y las pruebas del caso, escribió al nuevo Papa, Clemente VII:

"La cuestión, Santo Padre, se presenta de esta manera. Desde hace algún tiempo en esta diócesis de Troyes, el deán de cierta iglesia colegiata, a saber la de Lirey, falsa y mentirosamente, consumido por la pasión de la avaricia, animado no por algún motivo de devoción sino únicamente de beneficio, se procuró para su iglesia cierto lienzo hábilmente pintado en el cual, por una diestra prestidigitación, estaba representada la doble imagen de un hombre, es decir, de frente y de espaldas, y el deán declara y pretende mentirosamente que es el verdadero sudario en el que nuestro Salvador Jesucristo fue envuelto en su tumba, y en el cual quedó impreso el retrato del Salvador con las llagas que tenía. Esta historia ha sido puesta en circulación no sólo en Francia sino que podría decirse a través del mundo entero, de manera que la gente viene de todas partes para verlo. Además, para atraer a las multitudes a fin de sacarles solapadamente el dinero, tienen lugar pretendidos milagros, ya que se han alquilado algunos hombres para que se den como curados cuando se expone el sudario, del que todos creen que es el sudario de Nuestro Señor. Monseñor Henri de Poitiers, de piadosa memoria, entonces obispo de Troyes, al ser puesto al corriente de estos hechos por numerosas personas prudentes que le instaban a actuar sin demora, como era su deber, en efecto, en el ejercicio de su jurisdicción ordinaria, se empeñó en descubrir la verdad en esta cuestión. […] Al fin de cuentas, después de haber desplegado una gran diligencia en su investigación y sus interrogatorios, descubrió el fraude y cómo dicho lienzo había sido astutamente pintado, o sea que era una obra debida al talento de un hombre, y en absoluto milagrosamente forjada u otorgada por gracia divina."

El nuevo obispo de Troyes, Pierre d' Arcis, haciendo honor a la memoria de su antecesor, logró que la tela fuera retirada. Jeanne, mujer paciente y mucho más criteriosa que su difunto marido, temiendo que el sudario le fuese confiscado, decidió volver a apostar al tiempo, su fiel aliado, y lo escondió durante treinta y cuatro años. Pero el obispo volvió a denunciar que el deán de la parroquia de Nuestra Señora de Lirey, "siempre con una intención de fraude y con un objetivo de beneficio", sugirió a la viuda que volviera a exponer la reliquia "para que con la recaudación de los peregrinajes la iglesia pudiese ser enriquecida con las ofrendas de los fieles". Temiendo que el fraude reapareciera, Pierre d' Arcis sugirió que el lienzo fuese puesto bajo custodia de la Corona y escribió:

"Y en esta petición logré, sin la mayor dificultad, ante el tribunal del parlamento del Rey, explicar los orígenes supersticiosos de ese sudario, el uso que se hacía de él, la superchería y el escándalo que señalaba a la atención del tribunal. De verdad, es un asombro, para todos los que conocen los hechos, que la oposición con la que tropiezo en esos procedimientos provenga de la Iglesia, de la que hubiera debido esperar un apoyo vigoroso y hasta temer un castigo si me hubiera mostrado indolente o negligente."

El nuevo obispo, tal como le sucediera al anterior, debió soportar con sorpresa e indignación que el flamante pontífice autorizara la exposición de la sábana. Sin embargo, no iba a permanecer en silencio y solicitó que "semejante superstición sea públicamente condenada por Su Santidad". Y fue aún más allá, escribiendo:

"Me declaro dispuesto a aportar todas las informaciones que bastarían para eliminar la menor duda sobre el tema de los hechos mencionados, tanto en público como de otra manera, para disculparme y poder descargar mi conciencia en un asunto que me interesa."

Y por cierto, las informaciones que tenía no eran pocas. El obispo de Troyes, además de tener en su poder la confesión que Maurice Cassell hiciera a Henri de Poitiers, había hecho varias observaciones que probaban por sí solas la falsedad de la sábana:

1- *¿Cómo semejante milagro iba a pasar inadvertido a los discípulos de Jesús cuando entraron al lugar del sepulcro? ¿Cómo ninguno pudo ver el prodigio si, tal como testimonian las Escrituras, sí vieron con claridad los lienzos con los cuales habían envuelto el cuerpo de Cristo? ¿Cómo los Evangelios habían omitido mencionar la prueba material de la resurrección de Jesús?*

2- *Las manchas y líneas de supuesta sangre que aparecen en la tela no responden a lógica alguna: cuando la cabeza sangra, la sangre no corre en hilos como ocurre en la imagen, si-*

no que se adhiere a los cabellos. Por otra parte, en el lienzo, la sangre cae como lo haría en un cuerpo que mantuviese la vertical. Si ese manto fue el que cubrió el cadáver de Jesús, la sangre debería dirigirse hacia los costados del rostro como sucede en los cuerpos que yacen, ya que ésa fue la última posición de Jesús al momento de ser amortajado por José de Arimatea. Podrá decirse que la sangre se había coagulado mientras estaba en la cruz y por eso las líneas se mantenían paralelas al eje longitudinal del cuerpo; pero si la sangre ya estaba seca, entonces tampoco tendría la suficiente viscosidad para manchar tan profusamente el tejido.

3- Algo semejante a lo apuntado con relación a las líneas de sangre, sucede con los cabellos. De acuerdo con la representación, los cabellos caen como lo harían en un cuerpo puesto de pie, cosa que sería imposible en un cuerpo horizontal. El cabello de un cuerpo yaciente cae perpendicular al suelo y nunca paralelo a él.

4- Si las marcas de los estigmas fuesen realmente sangre nunca conservarían el color rojizo que lucen, sino que se hubiesen tornado negruzcas con el paso del tiempo.

5- Por otra parte, se advierten numerosos problemas en las proporciones. La cabeza es notablemente pequeña con relación al cuerpo. Los dedos de sus manos son asimétricos y excesivamente largos. Según se ve en la figura de espaldas, las plantas de sus pies tocan el suelo por completo sin que sus rodillas estén flexionadas, cosa imposible para la anatomía humana. El largo de sus antebrazos es notoriamente excesivo;

este último elemento es evidentemente ex profeso y fue hecho con el torpe propósito de que sus manos cubrieran las partes pudendas sin tener que hacerlo con los brazos extendidos. Esta posición le confiere a la figura un aspecto de reposo y pudor, imposibles de conseguir en la realidad.

6- *Si el manto hubiese albergado un cadáver, en la imagen impresa que representa el dorso del cuerpo debería aparecer una huella diferente de la que presenta la figura en los puntos de apoyo sobre el suelo: los glúteos, las pantorrillas, la espalda y la cabeza, deberían aparecer aplanados, tal como sucede con los cuerpos tendidos sobre el piso.*

7- *El artista que hizo la figura olvidó representar la parte superior de la cabeza. Ambas imágenes, la que representa el frente y la que muestra el dorso, están unidas por un solo punto de la cabeza. El volumen del cráneo, lisa y llanamente, no existe. Esto es la prueba de que el sudario fue hecho a partir de dos bajorrelieves planos, como quien frotara la cara y la ceca de una moneda en un mismo papel.*

Pese a la contundencia de los argumentos, lo único que consiguió el obispo fue que Clemente VII lo condenara al silencio, bajo pena de excomunión. En 1390, finalmente, autorizó la exposición del Santo Sudario, al que le antepuso la discreta, casi imperceptible, denominación de "representación", para no ser completamente cómplice del engaño; casi en un susurro, admitió que "no se trata de la Verdadera Sábana de Nuestro Señor, sino de un cuadro o pintura hecha a semblanza o representación de la sábana". Pero jamás impidió que el lienzo se siguiera exponiendo ni revocó la condena de silencio a Pierre d' Arcis.

La decisión del Papa tenía un fundamento que el propio obispo ignoraba: Jeanne, la viuda del duque, se reveló como una mujer pragmática que sabía cuidar su negocio y no perdía el tiempo. Aunque ya bastante mayor, era todavía bella y, conservando intacta su silenciosa seducción, contrajo matrimonio con un tal Aimón de Ginebra. Pocos sabían que el nuevo marido de Jeanne de Vergy era primo de un fulano llamado Roberto de Ginebra, más conocido en Avignon como Clemente VII.

El caso se dio por cerrado y, a partir de entonces, nada impidió que el falso sudario fuese expuesto a las multitudes enceguecidas por la superstición que, día tras día, colmaban la pequeña capilla. Quizá los peregrinos que contemplaban con lágrimas en los ojos al hombre en el manto, jamás supieron que estaban llorando el martirio más inicuo y vano que se haya cometido en Lirey. Tal vez ninguno de los visitantes supo nunca que debajo de sus pies dolientes por la larga marcha, descansaban los restos de aquel a quien contemplaban con devoción.

Por las noches, cuando el silencio volvía a ser el dueño de los sembradíos y los campos se reponían del suplicio de los pasos incansables de los caminantes, no todo era calma en la serena campiña: la larga y pesada sombra del remordimiento caía sobre la conciencia de los que fueron testigos de la pasión y muerte de Aurelio y Christine, quienes, pese a todo y contra todo, descansaban juntos al fin.

10

Un viento fresco acaricia la campiña como una mano gigantesca y piadosa. Un viento que precipita las hojas muertas del otoño y desnuda las ramas de la vid. Sopla, y al dividirse en la cruz sobre el campanario de Santa María de Lirey, se convierte en un sollozo, en un lamento inconsolable. El viento, guardián de la memoria de todas las cosas, el que trae tempestades y augurios, el que lleva las pestes y mueve los molinos para hacer el pan, acompaña el lento paso de los caminantes. El viento es un peregrino también. Sopla en Troyes y Lirey, y su aliento largo llega hasta las costas del Cantábrico; como un enterrador, el viento pasa el revés de la pala sobre las tierras calcinadas de Villaviciosa y quita el polvo de los sepulcros anónimos de los niños de Velayo, de los viejos, de las mujeres y los hombres cuyo pecado fue amar al prójimo más que a sí mismos. El viento no olvida; sopla desde el comienzo de los tiempos y soplará después del fin, cuando ya nada quede en pie. Cuando la ignominia, la infamia y el oprobio no dejen piedra sobre piedra, una brisa suave, viuda del mundo, llorará sin pausa sobre la tierra devastada. Pero hoy, en las praderas de Lirey, sopla una brisa amable que abanica la frente de los viajeros llegados de todas partes para ver el milagro del hombre en el sudario; un viento brioso pero mudo, que intenta propagar la verdad como las semillas del cardo sobre el campo. Ese viento, el que refrescó la frente herida de Aurelio en su hora de martirio, es el mismo que llevó las palabras de consuelo a los dolientes oídos de la mujer que amaba. Él en la cruz, ella en el cadalso, la brisa los mecía como si fuesen un sola forma hecha con la secreta materia del amor. Pero ahora, en la bucólica iglesia de Santa María de Lirey, el viento es un caminante más entre todos los que vienen a dejar su ofrenda e ingresa silencioso mezclado entre la gente. De pronto, ante los ojos aterrados de la multitud, el Santo Sudario colgado sobre el altar se sacude con furia; Dios hecho hombre, Aurelio hecho Cristo, se agita sobre las cabezas de los visitantes como si quisiera hacer tronar el escarmiento; la muchedumbre, igual que un rebaño asustado, se estremece. Pero no hay por qué temer: es el viento, sólo el viento.

Epílogo

A la muerte de Jeanne de Vergy, su hijo, Geoffroy de Charny II, sucedió a su madre en la administración de la iglesia de Santa María de Lirey hasta el fin de sus días. En 1453, Margarita de Charny, hija del anterior y esposa de Hubert de Villerexel, quien la llevara a la ruina económica, cedió el manto a Ana de Lusignano, esposa del duque Ludovico de Saboya, a cambio de un castillo y un palacio. El lienzo fue trasladado a Chambéry.

En 1506 el papa Julio II aprobó la Misa y el Oficio de la Sindone, permitiendo el culto público. En 1532, un voraz incendio se declaró en Chambéry durante la noche del 3 a la madrugada del 4 de diciembre; el relicario que protegía el manto se quemó parcialmente y algunas gotas de plata fundida atravesaron varias partes del lino que permanecía plegado. En 1534, las hermanas de la orden de las Clarisas repararon la tela, cosiendo remiendos en los sectores dañados. En 1535, para ponerlo a salvaguarda de las acciones militares, el manto iba a iniciar un periplo que incluyó las ciudades de Turín, Vercelli, Milán y Niza. Pero finalmente fue devuelto al lugar desde donde había partido: Chambéry. El

14 de septiembre de 1578, Emanuel Filiberto De Saboya trasladó la sábana a Turín para que San Carlos Borromeo venerara la supuesta reliquia. En el año 1694 el manto fue llevado a la Capilla anexa al Domo de Turín. Durante el sitio de la ciudad se la trasladó a Génova y años más tarde fue devuelta. Entre 1939 y 1946, durante la Segunda Guerra Mundial, la sábana fue transferida secretamente al Santuario de Montevergine. En 1898, el abogado italiano Secondo Pia, tras tomar varias placas fotográficas del lienzo, al revelar la película creyó en forma errónea que la figura estampada en la tela era un virtual negativo fotográfico. Pero de inmediato surgió la evidente refutación: si se tratara de un negativo, el hombre del sudario sería un anciano de barba blanca, ya que tanto el bigote como la barba de la figura en la tela son visiblemente negras. Por otra parte, la supuesta sangre no debería verse roja si fuese un negativo. La fotografía confirmó las sospechas de que la imagen fue obtenida por la técnica medieval del *frottis*. En 1978, en ocasión del IV Centenario de la llegada del manto a Turín, se exhibió públicamente desde el 26 de agosto al 8 de octubre. El 18 de marzo de 1983 murió Umberto II de Saboya, habiendo ordenado en su testamento que la Sindone pasara a propiedad del Vaticano. El 21 de abril de 1988 la Iglesia autorizó que se practicaran tres pruebas de datación por medio de la técnica del carbono 14. Las pruebas se hicieron en tres laboratorios distintos e independientes. Por pedido de la Santa Sede, la toma de muestras y la evaluación de los resultados se hicieron bajo la coordinación del Museo Británico. Las conclusiones sobre la antigüedad del lienzo fueron concluyentes: para el laboratorio de Oxford, la tela te-

nía 750 años; para el de Zurich, 675 y para el de Tuckson, 646. Es decir, un promedio de 690 años. La sábana había sido hecha, sin lugar a dudas, entre el año 1260 y el 1390. El 31 de octubre de 1988 la Iglesia reconoció y asumió públicamente el resultado, dándose por terminada toda discusión. Desde entonces la Iglesia otorga a la Sindone el tratamiento de "icono".

El 24 de febrero de 1993, la Sindone se trasladó al altar mayor del Domo de Turín para permitir los trabajos de restauración de la capilla guariniana. El 5 de septiembre de 1995, el cardenal Giovanni Saldarini anunció las dos próximas exhibiciones: una desde el 18 de abril al 14 de junio de 1998 y la segunda, del 29 de abril al 11 de junio del 2000. En la noche del 11 y la madrugada del 12 de abril de 1997 un nuevo incendio dañó gravemente la capilla de la Sindone. Un bombero consiguió romper la estructura de vidrio y salvar así el manto. El 18 de abril de 1998 se concretó la más reciente exhibición. La postura de la Iglesia con relación al manto sigue siendo la misma que admitiera Clemente VII: "No se trata de la Verdadera Sábana de Nuestro Señor, sino de un cuadro o pintura hecha a semblanza o representación de la sábana". Una forma ciertamente eufemística de admitir que se trata de una falsificación.

Índice